우술 필담
雨述 筆談

육근상
시집

우술 필담
雨述 筆談

솔
시선
26

일러두기

책 뒤에 부록으로 이 시집에 실린 시어들 중 사투리, 고유어, 난해하거나 낯선 말 등을 골라 '°'으로 표시하고 시어의 뜻을 풀이한 '낱말풀이'를 실었다. 우리말의 소중한 언어자원으로 육근상 시인의 시 세계를 올바르고 깊이 이해하는 데에 활용되길 바란다.

| 시인의 말 |

내 순정한 언어이고 몸짓이고 정신이었던

집이며 논이며 밭이며 동구나무며 눈물이며 콧물들 어엿
하게 닦아낼 나이 되어서야 보이는

이슬에게 비탈에게 잔주름에게

戊戌年 丁巳月 芒種
가래울에서
육근상

| 차례 |

4부

1부

점나무팅이°

깨금° 밭 닭재°에는 그렇게나 툴툴거리던 신 씨네 합장
묘 할미꽃으로 눈 흘기고

정짓말 돌아서면 골짜기 내려온 앵초°꽃이 개가改嫁한
엄니 보러 점나무팅이 가고 싶어 입술만 붉어붉어

가래울°

성당 다녀온 각시가 뭣혔냐 묻기에 넘이사 뭣 헌게 왜 궁
금헌 것이냐 혔더니 여태껏 빨래혀주고 밥혀주고 애까지
놓아 줬는디 넘이라니 아이고 분햐 분햐 그러더니 오늘 크
리스마슨디 뭣혔냐 또 묻기에 어둥이골° 김 시인 허고 돼지
껍데기 볶아 즘심 겸 소주 뒤병 마시고 헤어졌다 혀니 아무
소리 읎이° 한참 들여다 보다 시방은 뭣허고 싶냔다 솔직히
말혀도 되냐 혀니 솔직히 말혀도 괜찮다 허여 날도 춥고 눈
발까지 날리니 오디 콩밭에 나가 꿩이나 몇 마리 잡았으면
좋겠다 혀자 그렇게 혀 그렇게 허서 이 화상아 그렇게 혀라
구 들구° 떠대 밀어 팽나무 아래까지 왔다 팽나무에는 길다
란 쇠 종 매달려 있어 뜻 헌 바 잘 되지 않는 날이먼 이마빡
들이 받아 보기도 혔던 것이서 오늘은 가래울 이 작은 마을
에도 꿩 잡으러 가자 꿩 잡으러 가자 쇠 종은 울린다 웽뎅그
렁 울리는 것이다

은골°

　새뱅이° 재주 세 번 넘어 젖소 목장 통나무 구유 앉아 목
화 타던 날 나는 세상에 왔다 그래서 목화밭고랑 넘으며 걸
음마 떼고 안산 상구머리 언덕 챙 없는 비바람 읽으며 술 담
배 배우고 여자도 배우고 성깔도 배워 일생 다 늙어 은골 왔
다 은골에는 개가改嫁한 할머니 은진 송씨가 낳은 한 씨네
내외 살아 명절에 인사차 들르면 머리 허연 늙은이가 아직
도 되련님° 오셨냐 고구마 통가리 옆에 용수° 꽂아 놓고 맑
은 술 내어준다 웃을 때 마다 입 꼬리 광대뼈에 닿는 내외
랑 우리는 넘이 아니쥬 씨는 다르지먼서두 피는 요맹큼 섞
여 있을뀨 객쩍은 소리로 젓가락질 하다 보면 서쪽 하늘은
침침하니 눈보라 몰고 와 금세 외딴 집 한 채 묻고 가는 거
였다

고용골°

저 망초 꽃 좀 보아 예쁘기도 하지 꽃 개울에 담근 시린 발목이라 부를까 뽀로통 돌아 앉아 먼 산 바라보는 앙다문 입술이라 부를까 곁에 강아지풀 감국 보려 모가지 빼고 대청마루 새벽달로 흔들린다 흔들리는 것은 내 마음 같아서 댓잎 사각거리는 소리에도 신발 끄는 소린가 싶어 쪽창 부스럭대던 여인 생각인 것인데 걸을 때마다 먼지바람 일으키는 토망대° 살다 신말미° 지나 고용골 머물며 이태 앓다 처서 즈음 등진 것 알고 있다 빗소리 강 씨네 안채 처마 귀 씻는 저녁 무렵 호수 길 오르다 낮은 봉분 뒤로하고 걸어오는 젊은이 있어 엄니 안녕 하시냐 물으니 흘끔 바라보고 고개 숙여 지나간다 물바람이 제법 차다

흥징이°

  꽃 지는 것 보고 있자니 십 년은 늙어질 것 같다며 짜구
전화하여 넘어오란다 텃밭에 비닐 씌워 묻어 둔 마늘 싹 빼
주고 논두렁길 지나 흥징이 들어섰더니 다리 밑에 솥단지
걸어 놓고 재순이 동생 재식이가 모가지 비틀어 왔다는 산
닭 삶고 있다 재식이가 아는 척 하며 막대기로 가마솥 뒤적
거리자 둔덕 너머 매화가 산달인 듯 한껏 부풀어 입김 불어
넣는다 처음 보는 아줌니 서넛이 돗자리 앉아 여기 앉으라
손짓하여 멋쩍어하며 웅뎅이 들이 밀었더니 야 너 근상이
지 오랜만이다야 나여 나 몰라 방축골° 살던 경자 얘는 찬
샘넉이° 미선이 그리고 얘얘 성미° 동구나무집 이화하는
디 걸쭉하니 도갓집 곰소 아줌니 닮아 혹시 예배당 근너에
서 도갓집 안 허셨슈 문자 야 그니는 울 엄니구 울 엄니 돌
아가신지 언젠디 아직두 기억허고 있는겨 소주 붓는디 손
등어리가 두툼하게 소두방°만 하다 어쩨 늙어 갈수록 죄다
늬 엄니덜 빼다 박냐 둘러 앉아 양칭이 선화 안부 묻다 엥깃
말 악동 창중이 새끼 욕하다 공책에 꾹꾹 눌러쓰던 삐뚤삐
뚤한 글자들이 모양대로 입술 건너와 삐뚤삐뚤해질 무렵
분홍색 원피스 즐겨 입던 이화가 머릿결 쓸어 올리며 많이

늙었지 몰라보겠지 두러 눕는디 꽃가마인 양 살구꽃이 가
슴에 봉긋 내려앉는다

봄밤

신말미 사는 폭설이 할 말 다하고 조막덩어리만한 박태기° 녀석 데리고 와 니 아들이여 이제부터 니가 키워 휑하니 돌아가 영영 오지 않는 밤이다

업어 키우고 안아 키우고 도닥도닥 두드려 키워 학교 보낼 때쯤 이느므 새끼 학비라도 벌어야지 모아둔 청매 헐어 천도복숭아꽃 한 근 끊어다 굽는 밤이다

불콰하니 취해 무너진 담장 데리고 나와 허리띠 풀어 장개울°까지 가는 오줌발 바라보며 늬 엄니 친정 가설랑은 안 올랑갑다 안 올랑갑다 앵두꽃도 서러워 보름달 짤랑대는 봄밤이다

천지간

각시는 저녁상 보고 아이는 숟가락 젓가락 짝 맞추는 틈타 언능° 씻고 나와야지 샤워 허는디 뒤꿈치 굳은살 성가시려 잡어 뜯다 물 받어놓고 불키는디 다 불킬라면 시간 좀 걸리겄다 휴대전화 만지작거리고 있는 것인디 각시 문 열더니 헛기침도 읎이 삐죽 열더니 아휴 밥 먹으라니께 뭣허는 곳이여 그러더니 아들아 늬 아부지 닮지 마라 장개가서 늬 아부지 따라 허면 쫓겨난다 밥도 못 읃어 먹고 오늘 같은 날 역전 대합실 구석쟁이° 신문지 깔어놓구 자야 헌다 큰 소리 들리길래 언능 튀어 나와 모가지 수건 걸치고 밥 뜨는 중이다 메루치볶음에 들깨랑 호두랑 아몬드랑 늫구 많이 듯씨요 허는 이는 천지간 당신 밖에 읎을 곳이요 허자 시끄럽소 언능 들기나 하씨요 천지간 뭔지나 알고 천지간 천지간 그라는 곳씨요 들숨과 날숨 사이 개 이빨 똥 끼듯 낑겨 있는 곳이 천지간이다 그 말이요 긍게 들숨 셔놓고 날숨 안 된다며 여럿 고생시키지 말고 밥 채려 놨을 때 호따고니° 달겨들어 숟가락 들라 그 말이요 천지간 한 숟가락만 더 뜨면 된다

독골°

    고욤 떨어지는 소리가 툇마루에 슬며시 가을 한 됫박 밀어 놓고 가는 밤이네

    이슥토록 잠 이루지 못해 뒤척이다 마침 노랗게 익은 보름달 중천 매달려 있어 토실토실 발라먹고 있네 남은 사람은 어떻게든 살아 철써기°는 윗목에 저녁상 밀어 놓고 가을 따라 부르며 흥얼거리네

    청무우 허리 반쯤 올린 밭 뚝 앉아 새벽 기다리던 거미도 기둥에 바짝 붙어 촘촘하니 그물 잣고 있는데 무서리 같던 독골 영생이는 무슨 영화 보겠다고 혼자 훌쩍 가버렸는가

    병풍바위 쪽으로 혼백魂魄인 듯 풍뎅이만한 불빛 빗금을 긋네

비름들°

    오늘 저녁에는 개 한 마리 내려서 흰 개가 장독대 올라올 수 없게 내려서 두고 온 강아지들 빈 들녘까지 달려와 뒹굴뒹굴 내려서 얼어붙은 도랑에 언덕에 쩍쩍 미루나무 가지에 내려서 밥 짓는 아낙 쌀 씻는 사이 혼자 깨어 우는 어린애가 내려서 동짓날 바람벽이고 변소간°이고 외양간이고 철퍼덕 철퍼덕 쏟아 붓던 팥죽처럼 내려서 친정 온 누님이랑 손잡고 밤새 소곤거리다 무너진 엄니 가슴팍처럼 내려서 밖에 누가 왔나 컹컹 개 짓는 소리까지 내려서 이 밤 비름들 건너와 추녀 밑에 몸 부르르 터는 아버지가 내려서

절골°

한동안 소식 끊긴 이혼헌 시인 지망생 아줌니가 요사채
은어 살며 신춘문예 준비헌다기에 수녀원 출신 소설가 지
망생 아가씨랑 돼지고기 뒤 근 끊고 상추랑 깻잎이랑 한 봉
다리° 씩 사고 청양 고추도 한 묶음 두부도 한 모 들고 서리
맞어 축 늘어진 배추밭 지나 고춧대 서 있는 절골 들어섰더
니 이 아줌니 해 뉘엿뉘엿 지는디 사람 온 줄도 모르고 벌써
한밤중이다 문지방에 댓 병 소주 올려놓고 김치 그릇에 대
나무 젓가락은 꽂아놓고 파리가 새까맣게 달라붙어 윙윙거
리기에 으험 으험 헛기침 허니 깜짝 놀라 일어나 첫 마디가
우리 신랑은 이런다 하두 한심허여 혀 끌끌 차다 아니 그렇
게 보고 싶은 신랑이랑 헤어져 어떻게 사느냐 물으니 아 꿈
이었네 그러더니 오늘이 토요일이냔다 절 들어와 요일도
모르고 공양드리는 것이냐 했더니 요일이랑은 아무 상관
없는 절간이라 이제 다 잊아 뿌럿다 잊아 뿌럿다 하품 늘어
진다

파고티°

　매화 졌으니 버드나무는 늘어져 호수에 머리카락 적시고 있으니 할 말 많은 새들도 낮게 날아가며 물위에 깃을 치고 있으니 나는 이제 장마나 져라

　말라붙은 도랑은 밭고랑 푸석푸석 늙어 가는 흙덩이는 뜰팡° 지나가는 뽈개미° 행렬은 먼지 뒤집어쓰고 빗소리 짓고 있으니 고추밭에도 이제 장마나 져라

　저녁 먹고 난닝구 바람으로 나와 부채질이던 당숙도 고구마 줄거리 내다 팔고 고샅° 돌아서던 봉순이 아줌니도 부다다당 오토바이 타던 동출이 형도 가고 없으니 이제 파고티에는 장마나 져라 옛 애인들 울고 떠난 눈물만큼만 져라

느래°

　봄비가 내려서 소식 없던 딸네 온다는 기별 듣고 손님맞이 나왔는데 촉촉하니 느래 강변 어슬렁거리는데 천개동°넘어온 바람 훈훈하여 빗방울 몸에 감고도 먼 길 다녀오느라 욕봤다 손 꼭 붙들어 호호 불어 넣는 엄니 입김 같아서 북방에서는 사람 보낸 모양이다 중절모 쓴 노신사랑 젊은 아가씨랑 큰 주머니 차고 느래 건너지 못해 아쉬워하다 먼 발치에서 아이들 먼저 비집고 올라온 국수댕이°같이 연지도 살짝 바른 싱아° 입술같이 수줍어하다 더 위 쪽 마을로 건너간 모양이다

긴속골°

자작자작 나무 타는 소리밖에 들리지 않는 산중마을이다

협곡 내려온 바람은
성난 짐승처럼 달려들어 밥 짓는 아낙 머릿수건 빼앗아
달아나고
참다못한 처마 끝 고드름이 밤새껏 어루만지다 기어이
내려놓은 엄니 한숨인 듯 철퍼덕 떨어진다

긴속골 싫었던 나는 눈길 더듬어 절고개° 아래 상엿집 숨
어 있었다
빠르게 지나는 바람 소리와 무엇인가 부스럭거리는 소리
콩닥거리다
아버지 손에 끌려 마당 들어선 날
먹감나무 밑동 감아 돌며 컹컹컹 뛰어 오르던 마른 잎도
그러하였다

먼 데서 손님이 왔나
늦은 밤까지 불빛 환하고 가끔 문풍지 우는 소리

바람벽 독서

병아리들도 정짓문 앞에
공부하느라 삐약 거리고 있었네
염소는 저 넓은 들판 다 읽고
제 집으로 돌아가는 중이었네
강아지는 숙제 다 했는지 어슬렁거리며
낯선 사람이 와도 짖지 않았네
책 한 권 없이 절구통만 덩그러니 놓인
빈집 지키던 나는
이제 막 한글 떼고 글자라고 생긴 것은
무엇이고 읽고 싶었네
마루에 앉아 딸기밭 가신 엄니 기다리며 다리나 까불다
마루 기둥 잡고 덮걸이° 안다리질°이었던 것인데
엊그제 바른 안방 도배 벽지 삐져나온 글자들이
그렇게 반가울 수 없었네
나는 바람벽 바짝 붙어 앉아
한 글자 한 글자 떼어먹기 시작하였네
손가락 침 묻혀가며 떼어먹는 재미는
읽은 책 또 읽으며 되새김질인 염소 비할 바 아니었네

바람벽에는 아톰 있었고 새농민 있었고
어깨동무 있었고 섬마을 선생 있었네
나는 하루 종일 키 닿지 않는 곳만큼
바람벽 독서 열중이었는데
방바닥에는 먹다 흘린 글자들이
병아리가 쪼던 쌀눈처럼 하얗게 쌓였네
밭에서 돌아오신 엄니 깜짝 놀라 종아리 치셨네
내 독서는 침 묻혀가며 떼어낸
바람벽 도배 벽지에서 시작되었네

2부

우수 무렵

추위 물러가지 않은 것이어서 문 밖 나서지 않았더니 친구들 여럿 찾아와 문 두드리는 거다 담장 넘겨다보며 근상아 근상아 양칭이 앵두 년이랑 자두 년 보러 가자 악다구니 여도 못 들은 척 꼼짝 않고 있으니 진눈깨비 보낸 거다 우박 덩어리 보내 종주먹질인 거다

죽말°

대나무 숲에 버려두고 따끈한 방 들어가는 겨울바람 한 올 한 올 모아 여름 뒤란에 풀어 쓸 요량으로 죽말 초상집 들러 문상하고 걸어오는디 명년 여름 덥겠다 비 한 방울 없이 덥겠다 겨울답지 않은 예쁜 개울가 쪼그리고 앉아 숨 고르며 손부채질인 것인디 머리에 김 오른다 개울 물소리 어린애 보채듯 고욤나무 가지 넘는다 대설에 죽은 이는 복도 많은 게야 복 없으면 어떻게 고리산° 자락 가득하게 노루를 쳐 철퍼덕 순두부 같은 흰 노루 손수레 가득 싣고 골목에 요령을 쳐 평생 두부만 내다 팔며 무릎을 쳐 망자는 손가락 다 헤질 때 까지 골목 벗어난 적 없었다지 참 길고 지루한 일인 줄도 몰랐다지

쓴뱅이들°

청보릿대 바람에 흔들리는데 다투어 핀 꽃들 교태 부리
다 친정 갈 생각으로 처마 한 바퀴 돌더니 안 되겠는지 마루
떠다 놓은 물그릇에 내려앉는다

후 불고 한 모금 마시려 입술 내미니 어느새 혀끝 달라붙
은 천도복숭아 꽃이며 살구꽃이며 자두 꽃이 파르르 떤다

물 그릇 내려놓고 먼 들판 바라보자 또 연두는 수줍게 치
마 올렸다 내렸다하며 깔깔거리다 불미나리 밭 들어가 머
위니 수리취니 참나물 데리고 나와 즤 엄니랑 모퉁이 길 앉
아 손짓이다

쓴뱅이들 신작로 두 번째 집에는 일흔 여섯 며느리가 죽
어야는디 죽어야는디 아무리 죽지 않는 아흔 여덟 시어머
니 모시고 도리뱅뱅° 굽는 재미로 산다

늘골°

동구나무는 예나 지금이나 잎 키우고 팔랑거리고 그러거나 말거나 조용조용 거두어들이는 늘골 왔다

여기가 빠꾸네 집이었는디 저 쪽 논배미 중간 쯤 둠벙° 있었고 그 옆이 상엿집 이었던가 빙 둘러선 버드나무가 머릿결 쓸어 올리며 아는 척이다

골목 오르며 희만이 살던 양철 지붕 집 담장 넘어다보고 꽃밭이 휑한 순행이네 장광도 찌웃거려° 보는디 흑징이° 짙어지고 내려오는 사람 있어 바라보니 빠꾸 아버지다 가래울 사는 빠꾸 친구라며 인사드리자 니가 여기 오짠 일여 나여 빠꾸여 지게 내려놓으며 말끝마다 쿵쿵거리는 게 천상 즤 아버지다

다 늙은 호두나무 얘기하다 이제 일어나야지 웅뎅이 터는디 아쉽다는 듯 소나기 내린다 이빨은 새까맣고 광대뼈는 움푹 꺼져 서리태 하나 넣을 수 없는 논두렁길에 십 년은 더 늙어 뵈는 아우가 밭에서 돌아오는 길이라며 새벽 산 내려온 짐승처럼 몸 부르르 턴다

생강나무 남편

   시루봉° 오르는디 생강나무가 나한테 뭐라고 뭐라고 하는 거였다 나도 오르다 말고 비스듬히 서서 뭐라고 뭐라고 했던 것인디 뒤 따라 오르던 각시가 저니 뭐랴 누렇게 떠갖고 뭐라 그러 길래 그렇게 중얼거린댜 날도 좋은디 니려오다 간재미 무침에 막걸리 한잔 허구 가랴 그러자 각시도 나한테 뭐라고 뭐라고 하는 것 같은디 하나도 알아들을 수 없었다 이럴 때 나는 생강나무 남편 같아서 각시는 얼른 내려보내고 비탈 길 허름한 집 한 채 얻어 살며 몇 날이고 피고지고 싶은 거였다

잔개울°

　유원지 입구 파란 양철대문 집에는 쪼그라질 대로 쪼그
라진 맨드라미 산다 허리는 굽어 개다리소반 하나 들이려
해도 보리숭늉 다 식을 때 까지 두드려야 간신히 반쯤 펴진
다 오늘은 도깨비시장 들렀다 병원 다녀와야 한다며 통깨
한 되랑 서리태 조금 짊어지고 버스정류장까지 걸어가시는
디 소슬바람에도 휘청 소지장 말아 놓은 듯하다 장난 끼 발
동하여 모른 척 서리태 불끈 안아 내리며 할머니 어디 가세
유 딸네 집 손주 보러 가세유 좋으시겠다 좋으시겠다 그러
면 이눔아 손주라두 있으면 좋겠다 웃으시는디 아직 입술
화장만큼은 잊지 않으시어 붉은 입술이 눈꼬리에 닿는다
잔개울 유원지 입구 파란 양철대문 집 가면 양공주° 출신
맨드라미가 식장산° 들어가 아직도 내려오지 않는 조오지
기다리며 붉게 익는다

사월

   시인은 밭 갈러 가고 맨발로 빠대고 다니며 밭 갈다 보면
지렁이 꿈틀거리고 토실토실 봄볕도 꿈틀거리고 글쎄 손닿
지 않는 등 쪽 긁어 달라는 시냇물 꿈틀거리다 쪼롱 쪼르릉
하늘 날아오르며 밭 갈러 가고 밭이라도 갈러 가고

사랑가

나 죽으먼 워떨 거 가텨

그런 소리 허지 마

워떨 거 같은지 얘기 혀 봐

워떠긴 내 안의 모든 것이 째져라 울어 제끼겠제

그려 그럼 날 겁나게 사랑하는 개벼

사랑은 뭐 미운 정네미 고운 정네미 죄 눌어붙어 있어 그라겄제 곁에만 눌어붙어 있어 그라 간디 인자 뼛속까지 눌어붙어 있어 그라겄제

그란디 오쩨 나헌티는 비아냥 거리는 소리루 들린댜 허긴 화신이년은 지 신랑헌티 물어 봉께 단박에 저리 가 꼴도 뵈기 싫응께 그라더랴 그라기도 허겄제 삼십오 년째 살고 있응께 뒈지게 싫기도 허겄제 그래도 당신 그렇게 말헝께 빈 말이래두 싫지는 않네 그라

잠 속으로 막 들어갈랴구 허는디 마지막 허지 말어야 헐 말 뱉고야 말었으니

근디 말여 온 몸띵이가 다 울어제껴두 그 흔헌 눈물 한 방울이 안 나올 거 가텨 큰일이랑께

머시여

부수골°

담벼락 타고 올라간 댕댕이 덩굴°이 아침부터 빗소리 몰아오는 집 사는 이가 이 마을 제일 어르신이다 내가 어릴 적부터 이미 연로하셔서 올 해 몇인지 혼인은 하셨는지 슬하에 자식 있는지 할머니인지 할아버지인지 알 필요도 없이 미신迷信처럼 살아 묵묵하다

지금껏 큰 병치레 않고 살아온 것은 순전히 저 양반 덕이라는 것 엄니는 이빨 다 빠져 늙어질 때까지 노심초사해봐서 안다 아버지는 해마다 정월 보름이면 색동옷 곱게 차려 입히고 풍장 치며 신명 돋워 잔 올리곤 하시는데 좋아라 하는 것은 호수에 깊게 차오른 달덩어리 뿐이다

얼마 전 타지에서 왔다는 벌목공이 손목 끊어 턱에 붙이는 시술 하려다 호되게 당해 병원으로 실려간적 있다 시한時限 내 추위 풀리지 않고 꽁꽁 얼어붙는 것은 그 때문이라며 동네 아주머니들 쉬쉬하였다

나도 아버지한테 배운 대로 집안 대소사 있을 때 어르신

찾아뵙고 문안드리곤 하는데 겨우 물 한 그릇 떠가는 게 전
부다 요즘에는 혹시나 싶은지 품안에 벌을 들여 저녁 무렵
이면 바람소리나 펀던° 내리는 노을 바라보며 무료한 시간
보내기도 하신다 가끔 신간 시끄러운 사람들 찾아와 제祭
올리는 날이면 부수골에는 다음날 꼭 비가 내린다

봄날은 간다

　퇴근 무렵이면 술 생각 간절한 것이어서 술 잘 마시는 김 시인과 술 값 잘 내는 권 시인에게 전화 넣는 것이 일상인거였다

　시인들이라는 것이 구질구질한 내용 그럴듯한 언어로 그려내는 것 일가견 있는 사람들이라 그들 손 거쳐나간 서사들은 암송하기 좋은 구절로 만들어져 사람들 입에 오르내리곤 하는 것인데 그들도 예외 아니어서 내뱉는 한 마디가 싯 구절이고 심오한 철학이었던 것이다

　벚꽃도 제 몸 부서져 날리는 것 아쉬운지 비를 대신하여 폭설인 듯 맘껏 쏟아지는 것인데 마음 한 편 붉은 노을로 접혀진 나는 술 생각 절로 나 전화통 잡고 이리 돌리고 저리 굴리다 급기야 만만한 김 시인에게 전화하니 별정 우체국 책상머리에서 소포나 헤아리다 막노동판으로 쫓겨 실타래 들고 뛰어 다니려니 온 삭신 뭉개지는 것 같아 쉬어야겠다 엄살이고 권 시인에게 전화 넣었더니 식구랑 동학사 꽃놀이 선약 있어 얼른 집에 들어 가야한다는 것 아니겠는가 나는 꼬랑지 내린 사시나무처럼 벌벌벌 떨며 두부두루치기°

집 골목 돌아다니다 쓸쓸하니 집에 들어온 것인데

아빠가 이 시간 멀쩡허니 웬 일이슈 아 세상 재미읎어 못
살겄다 참뉘 아빠는 세상 재미루 사슈 시끄러 조고시 꼭 즤
엄마 같은 소리만 허구 있어 아이고 그 많던 친구 분들 다
어따 떠 내빌구 꽃들이 난분분 정분분허는 날 혼자됐냐 그
말이유 오늘 같은 날은 친구분 덜이랑 쭈꾸미라도 볶아 놓
구 한잔 허시야 되는거 아뉴 길 근너 뒷 고기집 생겼다는디
증 불러낼 친구 읎으면 지가 따라가 주규 그러까 헐 일 읎으
면 가서 한잔 허덩가 얼래 시방 뜨개질 허는거 보고두 그러
시네 지가 헐 일 읎어 아빠랑 술 마시러 가자는 거 아니구
따라가 준다 그 말 인디 꽁짜 읎는거 아시쥬 오마 넌짜리 한
장 주시면 생각해 보규

티격태격 오마 넌짜리로 넘어가는 싸구려 봄날인 것이다

세챙이°

골말 붙들이 아프다 하여 텃밭 들어가 오이 몇 개랑 조금 덜 익은 도마도 뒤 개 따들고 건너갔더니 추레하니 뜰팡 앉아 있다 몇 해 전 풍 맞아 아랫방 누워 있기만 하였는데 한 낮인데도 방문 열면 컴컴한 베름빡°만 보이곤 하였는데 사람 냄새가 이렇게 지독하기만 한 것이었는데 도마도 하나 씻어 들렸더니 누에가 뽕잎 갉듯 한다 여기까지 혼자 걸어 나왔느냐 물으니 흘러나온 침이 앞자락으로 길게 늘어진다 마루 걸레로 얼른 닦아 내고 까칠하게 자란 수염 바라보고 있었더니 웬 젊은 아낙이 부엌에서 나오며 누구세유 묻는다 오랜 동무 되는 사람이라며 바라보자 세챙이 살다 이번에 재혼한 작은 며느리란다 세챙이 살았으면 말대가리 아느냐 물으니 은씨네 아니냐며 웃는다 그러더니 들고 나온 바가지에서 꺼낸 물수건으로 얼굴 닦아 내고 부축하여 천천히 안방으로 들어간다 여기서 세챙이 가려면 버스 두 번 갈아타고 반나절은 더 걸어 들어가야 한다

동산고개°

　여기가 희석이네 집터 저기는 방앗간 집 큰 아들 학호 장
가도 못가고 늙어 자빠진 곳 하루 종일 느티나무가 울음 털
어내던 곳 마을 앞으로 조그만 개울 흘렀는데 비만 내리면
키 큰 학호 엄니 우산도 없이 개울가 맴돌며 비를 맞았지 동
산고개 어린 것들은 뒤를 쫓으며 학호 동생 참꽃 무덤가에
꽃을 던지고 꽃을 던지고 학호 엄니 엉엉 웃음만 흩날리며
다녔지 그 웃음 찰랑찰랑 누런 달이 되었지

마들°

　노을이 어린가지 뛰어 내리는 호숫가 마을인데요 아이들
이 운동장 앉아 풍금소리로 울고 있었죠 베름빡 매달린 시
래기가 바람에 흔들리며 부르는 익숙한 소리였죠 나비 날
아왔던가요 어깨에 핀 흰 나비가 신발 가지런히 모아 놓고
너울너울 뛰어 내리고 있었죠 저 나비 따라가면 돌아오지
못한다 하였죠 내가 사랑한 여인이 나비를 살아 다시 돌아
오지 않는 마을 들어서는데 한 쪽 눈 없는 낮달 떠 있었어라
횃대에 무명수건 걸쳐 두고 엉엉 장독만 닦고 있었어라

사심이골°

내가 사심이골 들어섰을 때는 다 늦은 저녁이라서 보리
밭 둔덕에 억새만 흔들리고 있더란 말시° 한 뭉치 썩 끌어
안고 있는 찔레덤불은 잔잔헌 호수에 제 몸 비추어 분칠을
허고 있더란 말시 스무 해 전 여그°에 오두막이나 짓고 살
었으면 좋겄다 싶어 앞집 늙은이 헌티 쌀가마나 주고 여남
은 평 등기 내 놨는디 여적 거그 살고 있는 버드나무가 양쪽
팔 늘어 뜨려 새뱅이를 잡고 있더란 말시 소매 자락에 바람
만 스쳐도 새뱅이 한주먹 썩 털어 내는디 내 하도 신통허여
옆댕이 앉어 중태기°라도 몇 마리 끌어 올리야지 싶어 억새
끝에 이제 막 올라온 달덩어리 꿰고 집어 늫다 빼고 집어 늫
다 빼고 헐 때마다 한 마리 썩 올라오더란 말시 입술 다 벗
겨져 고라니 울음소리 내는 그니° 사촌은 이순자 붕어° 한
마리 끌어 올리지 못허고 꾸벅꾸벅 졸고만 있더란 말시 하
도 불쌍허여 바늘이나 갈아주야지 꾸부러진 팔 잡아땡겨
보니 바늘이 녹슨 가락지 모냥°을 허고 있더란 말시 그러니
뭐가 잽혀 무심허니 절뚝거리는 세월이나 잽히고 말겄제
물렁물렁헌 바늘 빼 내빌고 똑 틀니 닮은 별자리 하나 묶어
줬더니 금방 중태기 한 마리 끌려나오더란 말시 어찌나 실

허던지 몸부림 한 번 칠 때마다 집채만 헌 너울 밀려와 웃도리 다 적시고 가방은 오디로 내뺏나 읋어 두리번거리다 호수 바라봉께 번 해 갖고 새벽 닭 홰를 치더란 말시 두 눈 껌뻑이매 가만 듣고 있던 각시가 허이고 그깃말만 혀도 밥은 굶지 않겄소 씨잘떼기 읋는 소리 고만 허시고 언능 들어가 잠이나 자소 입 삐죽 내밀더니 앞으로 고꾸라질 듯 방구석으로 들어가더라 그 말시 녜길헐녀러°

3부

경칩

　담장 넘어오는 어린애 울음소리 부엌 문테기° 앉아 달강
달강° 어르는 소리 숟가락 달그락 거리는 소리 비가 올랑가
비가 올랑가 마당 쓰는 소리

방축골

뒷짐 지고 걷는 팔자걸음이 꼭 즤 할아버지라서 박옹翁이라 불리던 희용이 만나 방축골 들어왔다 방축골에는 규연이 명근이도 살아 댓 병 소주 들고 고리산까지 들어가 옻 순을 안주 삼은 일 있다 한 녀석은 신탄진에서 돌 공장하고 또한 녀석은 수도원 들어간 뒤로 만나질 못했다고 하자 규연이는 엊그제 아버지 산소 상석 세우고 갔는데 명근이 소식은 통 모르겠단다 엄니는 정정 하시지 애들은 다 여웠냐 물으며 대문 들어서니 이게 누구여 깜짝 놀란 엄니가 두 손 꼭 잡아 점심 먹었냐 하신다 아직 먹지 못했다고 하자 칼국수 끓여 주신다며 반죽 치대 내 서러움까지 둥글게 둥글게 밀어내는데 방에서 아기 울음소리 들린다 손자 봤냐 물으니 여적 혼자 살다 작년 그끄러께 겨울 우즈베키스탄 여자 들였단다 연락이라도 하지 했더니 다 늙어 무슨 연락이냐며 각시가 두릅나무 순 좋아해 울타리를 아예 두릅나무로 둘렀다고 웃는데 돋아 오른 새순이 어린애 앞니처럼 환하다

줄뫼°

　살구나무집 옥천 댁은 올해 여든넷인데 별명이 강태공이
다 몇 해 전까지만 해도 아랫집 사는 동갑네기 시누랑 논두
렁 쪼그리고 앉아 쑥 뜯고 나싱개° 캐고 뒷산 돌며 도토리
줍는 게 일이었는데 낚시꾼 건져 올리는 물고기 구경하다
부러진 낚싯대 하나 주워 이순자 붕어 손 맛 보고는 가사낭
골° 까지 걸어 낚시하는 재미로 산다 가사낭골 앞에는 취수
탑 있어 온갖 물고기 다 몰리는데 청원경찰이 상수도 보호
구역이라 낚시 안 된다며 아무리 말려도 막무가내다 며칠
전부터 대나무에 낚시 줄 묶어 시누도 함께 동행 하는데 청
원경찰 작정했는지 낚싯대 뺏고 쫓아내려 하자 이노옴 이
늙은이가 물꾀기 잡으먼 멫 마리 잡겄다고 그걸 뺏어 늬넘
덜이 이 늙은이 맴을 알어 할아버지 일찍 보내구 애덜두 다
대처루 떠나 아무두 읎는 방구석 처백혀 하루 죙일° 둔눠
있어봐 안 아프던디두 들구 아프구 천근만근 몸뗑이 여기
저기 군시렵지 않은디 읎구 벨눔의 생각 다 들어 이눔덜아
호통 치신다

방아실°

봄볕이 젖은 숯으로 그물 던지다 송어 떼로 돌아간 날이
었어요 아직 겨울 남아 있어 호수는 가지고 다니던 부엌칼
로 출렁거리다 회치듯 방아실 물결 뜨고 있었는데요 아무
리 둘러보아도 지느러미 한 쌍 보이지 않아 노櫓 삼아 신고
다니던 대나무 장대로 하루 종일 뒤적거려 간신히 건져 올
린 물빛은 구름 한 점 없이 반짝이고 있었어요 입술은 메기
나 빠가사리 처럼 하고 싶은 말 다 거두어들이고 살얼음 문
듯 편안해 보이는 것이 어찌나 곱던지 이모가 시집 올 때 가
져와 올려놓았다는 노을무늬 화병 같았어요 이모는 추운
줄도 모르고 맨발에 자지러지며 느 이모부 평생 물려준 게
병뿐이라 죄 데리고 갔으니 원 풀었다 하시지만요 언제 그
랬느냐는 듯 돌무덤 하루나° 꽃은 또 다투어 피겠지요

애미고개°

경만이는 남은 한마디 더 있다며
고샅 돌아 애미고개 넘어가고 말았지
함께 넘으려 따라 나섰다
고개 넘으면 다시 돌아오지 못한다 하여
이랑이랑 출렁이는 보릿대궁만 바라보다 왔지
노을도 슬퍼하지 못하고 달아올랐지
먼지바람 날리며 달아올랐지
달아올랐지

사러리°

출렁거리는 강 물결 바라보니 내가 꽃다운 각시 맞이하여 시작한 물결이네 아비는 늙고 엄니는 병 깊어 어디로 가야할지 몰라 쪽배 맴돌며 울렁거리던 발자국 소리네

나는 저 쪽배 밀어 어디든 도망치고 싶었네 그럴 때마다 붙잡고 놓아 주지 않던 처량한 빗소리 야속하였네 아이는 생겨 꽃들이 저 물결 건너갈 무렵 내가 바람의 일로 사러리 둔덕 복숭아 잎으로 조용히 내려앉을 무렵 찔레꽃은 물결 소리 내며 흩날렸네 각시가 아무 말 없이 아이만 끌어안고 잘 내던 물결 소리 였네

이제는 너무 멀리 떠 내려와 돌아갈 수도 없는 빗소리 열어 내가 아비를 살고 각시는 엄니를 살아 강 물결 밤새 뒤척이다 더욱 두껍게 출렁거리네

턱으로 말할 나이

전화통 잡으면 보통 두 시간 얘기하다
내일 엄마 보러 집에 올 거지 안부 묻고는
그랴 내일 보자 그런디 니 신랑 잘 해주냐
다시 시작하는 것인디

콧등 문지르고 미간 찌푸려 한참 듣다
니 형부 아휴 그 영감탱이가 잘 해주긴 뭘 잘 해줘
다 포기했다 해주면 좋고 안 해주면 더 좋고
빤스 바람으로 텔레비전 보며 킥킥거리는 나를 바라보다
아랫도리 향해 체육복 바지 집어 던지더니
턱 주억거려 얼른 입고 방으로 들어가라 손사래다

텔레비전 끄고 바지에 발 끼다 생각하거늘
먹을 때도 잘 때도 입을 때도 이제 턱으로 말할 나이되었
느니

한절°

조선문 통째로 떼 내
비스듬히 세워 놓고

문살에 낀 봄볕이랑
흘리고 간 가을볕이랑
흩날리는 애인이랑
문종이 뜯어내고
빗자루로 탁탁 쳐

새 문종이 바르고
손잡이 근처 구절초 담으니
마른 문짝 향하여
물 한 모금 소리 내어 뿜으니

나는 한절 들판
육 씨네 종가宗家 되고
오도카니 서 있는 아낙
빚 많은 지아비 되고

시가 씌어지지 않는 밤

늦더위에 술 생각이 없오
술 생각 없으니 그리움도 오지 않소
피마자 이파리만 흔들려도 울컥거리며 피어오르던
처마 끝 수세미 꽃이 황달처럼 애처롭더니
이제 피는지 지는지도 모르겠고 그늘만 찾아다니오

입추 지났으니 더위 물러갈 것이오
새벽이면 이불 끌어당기는 손이 간사스럽기도 하여
자다 말고 일어났더니 대추나무 걸린 달덩어리가 월식을
하오
월식 날에는 보길도 깨돌 밭에 앉아
어린애 이빨 가는 소리 나 듣고 있으면 좋은데
산 다랑이 깔막진 동네에도 생물 산다고
달도 없는 컴컴한 마루에 귀뚜라미가 우오
시가 씌어지지 않는 밤 별소릴 다 하며 우는
저 귀뚜라미도 그리운 것 하나 없는 듯하오

귀뚜라미 소리 들으며 새벽 보내고 나니

호수에 또 달이 차오르오
달을 두 번씩이나 보고 있어도 오지 않는
내 그리움 얼마나 사무치는지
물결마저 잔잔하게 출렁이며 슬피 우오

녹사래골°

　아래께° 채금이네 들렀더니 울타리 석류가 종고래기만 헌 씨알 매달고 벌겋게 벌어지고 있더먼 그랴 나는 치다만 봐도 입안에 침이 한가득 괴더먼 채금 엄니는 그걸 따서 앞 자락에 뒤 번 문지르고 오찌나 맛나게 드시던지 아줌니 안 시궈유 허니께 아이구 볠일이지 다 늙어 태기가 있나 요새 부쩍 신게 땡겨 자발시려 죽겄네 오티게 한 볼테기° 해볼텨 반으로 쪼개 건네는디 내 한 번 훑어보고 아이고 시궈 이걸 오티게 드신데유 개나 줘유 한 발짝 물러섰더니 밥 맛 읎을 때 이만헌거 읎웅께 먹어 둬 내가 요즘 뭘 먹어두 속이 그득헌게 개 트름만 올라오고 니길거렸는디 이거 하나 입에 닿능그믄 그랴 뜰팡 걸어가시는디 벌레가 파먹은 아주까리 이파리 같더먼 그랴 내가 보기에두 금방 주저앉을 서리 맞은 호박잎 같어 그러지 마시구 오디 병원이래두 가보세유 허고 돌아 온지 몇 일 됐다구 초상이랴 초상이 가련허기두 허지 허긴 가련헌거루 따지면 채금이두 삐쪽허니 즤 엄니 닮어 무슨 대꼬챙이 같텨 더 가련허지 암만 녹사래골 돌아 나오는디 장수네 텃밭 쑥대가 몽우리 매달고 한잔 더 하고 가라 한사코 허리통 잡고 늘어진다

상감청자°

가을은 청잣빛으로 익어가는 것인데 입술 썰어 놓으면 한 접시 나오겠다 싶어 한 접시라는 별명으로 불리던 선생님께서는 고려 문화의 정수 상감청자에 관해 열변 토하고 계셨던 것이었습니다

한창 먹성 깊을 나이라 이 시간 지나면 도시락 먹을 생각으로 군침 흘리고 있었던 것인데 수업 마치기 전 궁금한 것 있으면 질문하라기에 쭈뼛쭈뼛하다 저 그시기 불화는 절간 베름빡에 부처님 그려 붙인 그시고 청자도 사극 같은 거 보면 아줌니가 밥상머리에서 삿갓 쓴 주인공헌티 한잔 따뤄 주는 술병인거 알겄는디요 상감청자가 뭐 대유

에 상감청자란 말여 옛날에는 백성들이 임금을 왕이라 부르거나 상감이라 불렀거덩 상감도 밥 먹고 술은 마시야 헐긋 아녀 그렁게° 밥 먹고 술 마실 때 얻다 먹긋냐 느 집이서두 밥 먹을 때 김치며 간장이며 고추장 얻다 퍼놓고 먹냐 그륵°이다 퍼 놓고 먹지 느 집이서야 스뎅이나 사기그륵이다 밥푸고 국푸고 허겄지먼서두 명색이 상감인디 백성 덜

먹는 그륵이다 퍼 놓고 먹을 수는 없었겠잖여 그렇게 상감
님 국그륵 밥그륵으루 쓸랴구 특별히 제작헌 것이라 허여
상감청자다 그 말이여

  말 떨어지기 무섭게 뒷자리 용진이 녀석 어찌나 킥킥대
던지 얼굴 벌겋게 해가지고 그래서 우리 할머니 막 비벼드
시는 그륵이라 허여 막사발이라구 허는 게 비쥬 이 그렇지
그렇지 출석부 들고 교무실 가시다 낌새 이상하셨는지 갑
자기 돌아와 얀마 너 이리와봔마 근디 너 그거 왜 물어봤어
귀싸대기 얼마나 맞았는지 양쪽 입술 터지고 퍼렇게 멍든
얼굴보고 청자 상감운학문 매병 닮았다 허여 삼학년 내내
상감청자로 불려졌던 것이었습니다

호미고개°

칼국수 한 그릇 먹고 나오는데 주인아줌니가 계산대 앞에 양말 쌓아 놓고 한 켤레 씩 가져가란다 웬 양말이냐 물으니 묻지 말고 맘에 드는 색깔로 골라 신고 다니란다 벌건 국물에 쑥갓 집어넣고 뒤적거린 얼큰이 칼국수 닮은 색깔 하나 골라 얼마냐 물으니 먹고 살기 힘든 세상 여기까지 오신 손님 드리는 선물이란다 칼국수 한 그릇 팔아 얼마 남는다고 칼국수만큼 비싼 양말 공짜로 주느냐 천원이라도 받으라며 거스름돈 건네자 극구 사양이다 거참 이상도 하시네 갸웃거리는데 다음 손님도 그 다음 손님도 맡겨 놓은 양말 찾아가듯 한 켤레 씩 들고 흡족한 표정이다 받은 선물은 주신 분 생각하여 함께 뜯어보며 기쁨 나누어야 배가 되는 법 양말 갈아 신는데 심부름하는 아줌니가 바라보다 그 양말 뜨뜻허쥬 호미고개 사는 아자씨가 놓고 간 슬픈 양말이래유 돌아서는데 효끼 아저씨 여기까지 오셨나보다 구루마 배로 밀며 울고 넘는 호미고개 잘도 넘어 가더니 기어이 넘어 가셨나보다

청충날맹이°

집안싸움 난 외가 가신 엄니 열하루 째라 얼큰해진 아부지 공부도 못허는 것 꿇어 앉혀 놓고 늬 엄니가 문제여 늬 오삼춘이 문제여 늬 이모덜이 문제여 문제여 방바닥 탁탁 두드리시다가 시부럴느므거 다 쌔려 부시야 끄대° 들어오지 오짠느므 집구석이 육이오 동란 끝난 지 온젠디 아직까지 난리여 난리가 밖으로 나가 살강 때려 부수고 장독 두드려 깨고 그래도 양이 안차는지 내 이느므거 다 태워뿌리야 들어올껴 소죽 쑤려 끌어다 놓은 솔가루에 성냥 그으려 하시 길래 아부지 아부지 그만허세유 지가 댕겨 오께유 가서 엄니 뫼시고 오께유 옥천 버스 타고 노란이° 내려 부소무 늬° 들어가는디 홑겹에 쓰레빠 끌고 십리는 걸어 들어가는 디 눈발 퍼붓고 발목까지 퍼붓고 시퍼래가지고 눈 쌓인 마당 들어서자 작은 이모 불 때다 말고 뛰어 나와 아이고 아야 엄니 찾으러 온겨 잉잉 오똑허먼 좋아 엄니 큰 이모 따러 서울 갔는디 오똑해야 옳여 오똑허니 궁뎅이 몇 쌈 두둘기 주고설랑은 밥 먹고 니얼 가그라 니얼 핵교 가야허는디요 집에 가봐야 헌당께요 지는 그만 갈텡께 더 기시다 니려 가세유 돌아와 고개 수그리고 있웅께 늬 엄니는 이느므 새끼 늬

엄니는 오라질느므 새끼 가서 막걸리나 한주준자° 받어와
이느므 새끼 봉창이 손 집어 늫고 막걸리 받아오다 청중날
맹이 앉어 주준자 꼭다리 물고 멫 모금 삼켰더니 달짝지근
헝게 쩍쩍 달러붙는디 한참 꼬라져 있는디 아부지 찾아와
도끼눈 뜨고 이느므 새끼 후라덜느므 새끼 업어 이느므 새
끼 그래 늬 엄니는 뭐랴 왜 안온댜 업혀 가는디 갸갸갸 짖어
대는 까마귀 사정 아부지는 아셨는가 물러

낙인

　간밤 남의 여자에게 손등 물리고 밥상머리 앉아 왼팔 괴국 한 술 뜨려는데 물끄러미 바라보던 각시 눈에 뜨일 줄이야 하필 이빨자국 뜨일 줄이야 누구한테 물렸냐 어떡하다 물린 것이냐 벌레 물려 가려워 깨문 자국이다 얼버무려 넘어갈 오른 손등 깨물어 맞춰 보고는 내 남정 밖에 나가 이렇게 쉬울 줄이야 물걸레 짜는 일보다 쉬울 줄이야

4부

곡우

얼마나 독한지 땅개라는 별명으로 살더니
아랫집 살며 밤낮으로 어지간히 괴롭히더니
가뭄 길어진 날 입원했다며 전화 왔습니다
지가° 하지 못하고 아들 시켜 다 죽어가는 소리로 왔습니다

즈 집 앞 지나려면 통행세 내야 한다고
오십년 전 뜯긴 삼 원 꼭 받아내야지 올라간 것인데
호랭이 물어갈 년 아프지나 말던가
아이고 이눔시끼 난 이렇게 늙었는디 하나도 안 늙었네

얘기 듣던 젊은 여자 호호호 밖으로 나가니
작은 며느리랍니다
요새 이런 며느리 어디 있느냐 문틀 놓아둔
난蘭 잎에 말 건네자 금방 목이 멥니다
조금 더 살았으면 좋겠다고 빗소리로 훌쩍입니다

고무실°

고리산 중턱 계곡 끼고 앉은 절집 있는데 거기 털신만 고
집하시는 비구니 산다

이제는 바짝 쪼그라 붙어 입술 주변이 자글자글하니 누
른 밥 한 숟가락도 하루 종일 오물거리다 간신히 넘기시곤
하는데 평생 퍼 주는 걸 좋아하시어 틈만 나면 산 다랑이 밭
에 오그리고 앉아 호미질이다

지난여름 수육 삶아 절 집 도랑에서 소주랑 수박이랑 깨
먹고 놀다 온 후 뵙지 못했는데 오늘은 가 볼 참이다 가서
따끈한 아랫목에 손 집어넣고 고구마나 쪄 먹다 눈치 봐 말
려 놓은 취나물 머위 대 무말랭이 그리고 스님 정수리 꼭 빼
다 박은 돌배 한주먹 얻어 볼까 하는데 뭐라고 징징거려야
스님 감동하여 바리바리 싸주실까

습벅거려 댓돌 가지런한 털신 바라보다 방에 아무도 안
계슈 너스레 떨어보는 것이다

양구례°

　새들이 울타리 끼고 낮게 날아다니며 쥐 울음 흉내 잘 내
는 저녁 무렵이다 군불 넣은 아궁이 앞에 자작나무 숯불 끌
어내 석쇠에 기름 바른 생 김 굽다 도톰하게 썰어 온 돼지
목살 굽다 소주도 한 잔 곁들이다 신춘문예 떨어져 시무룩
해 있는 이혼헌 시인 지망생 아줌니도 불러 뒤란 묻어둔 시
큼한 김장김치랑 쭉쭉 찢어 걸치다 각시가 가져 온 찐 고구
마랑 동치미 국물 떠먹다 아봐유 아줌니 신춘문예가 별거
유 김수영이라는 시인은 말유 등단은 시상에서 젤루 션찮
은디루 허라구 했슈 그렁께 우덜은° 도전헌 것 만으루두 등
단헌 걸루 칠 텡께 너무 상심 마시구 한 잔 허세유 허는디
아무 생각 없이 동치미 국물 떠 있는 무 쪼가리만 깨물다 심
사위원들 한 없이 원망스럽다는 듯 묻는 거였다 아자씨 그
란디 김수영이 누규

길치고개°

　가래올 들어가는 길은 꼬불꼬불하니 길치고개 하나 뿐이라서 오늘 밤에는 옛날처럼 눈이 내린다 소나무 가지가 쩍하고 갈라져 나는 고개 넘지 못하고 오골계 집 쪽방 하나 얻어 뒤척이는데 문틈 파고드는 동지 바람이 하필 신혼이라서 문풍지 우는 소리 어찌나 교태스러운지 지랄 난 몸뚱어리 달래느라 두러 누워 성냥골로 귀 후비다 벌떡 일어나 머리 감다 그래도 안 되겠다 싶어 베름빡에 버스 시간표 눌러 놓은 압핀 빼내 허벅지 찌르며 뒤척이다 뒤척이다 각고 끝에 생각해 낸 것이 겨드랑이 터럭이나 하나 씩 뽑아 보자는 것인데 뽑을 때마다 어금니가 다 아픔서 띄끔띄끔하니 문풍지 우는 소리 잠잠해지고 나는 이제 길치고개 넘어가고 오두막집은 가까워 오고 꿈결에서나 가까워 오고

개운한 사랑

각시는 조금만 더부룩해도
끄억 끄억 나 좀 따 줘봐요
바짝 붙어 앉아 치대는 거였습니다
나는 텔레비전에서나 보던 명의처럼
아니 뭘 먹었길래 소화도 못 시키고 헛구역질이랴
어깨부터 두드려 쓸어내리며 손 주무르다
엄지손가락 실감아 바늘로 콕 찌르면
검붉게 흐르는 핏물 바라보다
쳇지 쳇지 거봐 체한 거 맞지
그려 그려 쳇구면 쳇어 장단 맞추어
덩달아 끄억거려 보듬어 주면
흡족해 하다 잠들고
새벽이면 언제 그랬느냐는 듯 일어나
도시락 싸고 와이셔츠 다리고
머리감고 출근 준비로 바쁜 거였습니다
사랑은 쳇기 같은 것이어서
어깨 두드려주고 팔 쓰다듬고
손 주물러줘야 개운해지나 봅니다

밤실°

영배 엄니는 남의 남정 곁에 술 따르다 지게 작대기로 맞아 죽을 뻔 했고 경식이 동생 경님이는 새벽열차 탔어라 영배 아버지 울화통 닦아내지 못하고 기어이 어부동° 강 건넜을 때 살구꽃은 흩날렸어라 봄비 소리로 속살거리던 경님이도 영영 흩날렸어라

단풍

내외 깃들어 사는 마루에 단풍 찾아왔네 쌀 씻는 각시 손
등도 예외 아니어서 목덜미고 어깨고 허리가 온통 붉은빛
으로 물들었네 딱히 할 말 있어 찾아온 단풍 아니지만 이 방
에서 저 방으로 건널 때마다 날리는 이파리가 새떼 뱉어 내
듯 앓는 소리로 우수수 날렸네 한 번은 겨우내 먹을 양식 구
하려 산 다녀오다 단풍만 모여 산다는 수목원 들른 적 있네
걸음 한 발짝 떼기 힘든 단풍이 돌 의자에 앉아 웃음치료니
국악치료한다며 웃음인지 울음인지 분간할 수 없는 소리
내며 바람에 날리고 있었네 상심한 각시가 파먹은 자국 역
역한 단풍 부축하여 어디서 오셨냐고 묻자 자작나무만 사
는 마을 살다 여기까지 오게 되었다 하였네 모퉁이까지 걸
으며 고욤나무 단풍 고단한 내력과 아무도 찾아오는 이 없
어도 큰 아들 살다 간 불당골 까지 꼭 다녀온다는 신나무 단
풍 외로움에 대해 쓸쓸해지고 있는데 입술이 자줏빛으로
물든 나무가 단풍 한 잔하고 가라 손 끌었네 삐걱거리는 의
자 앉아 편안하게 물들 수 있는 단풍에 대해 이야기 하다 책
으로 돌아간 단풍 소식 듣고 기러기 지나간 길 나섰네 단풍
을 가득 문 연못이 잠들지 못하고 뒤척이고 있었네

분꽃

우리 아덜°
하나 밖에 읎는 우리 아덜
우리 아덜 보먼 나는
벌벌벌 떨어
밥두 안 넘어가 우리 아덜
오티게° 킨 아덜인디
그렁그렁 울 엄니

친구

소파 누워 새로 구입한 휴대전화 만지작거리며
사진 찍어보고 인터넷 검색해보고 맛 집 알아보고
손쉬운 방법 찾아보다
눈두덩에 떨어뜨려 번갯불도 그려보는 것인데
일주일 지나도록 전화 한 통 없이
대출해준다는 문자뿐이네
고장인가 싶어 집 전화로 휴대전화 신호 보내보고
휴대전화로 집 전화 확인하다 말소리 잘 들리나
딸에게 신호 보내니 바쁘다 끊고
각시는 전화 한 통 없던 사람이 무슨 일이냐
전화 요금 많이 나오니 빨리 끊으라 하고
아들은 통화 중이어서
혼자 사는 정 여사에게 전화 넣었더니 신호 가네
심심하였는지 실없는 농담 다 받아주네
요즘 뭐하고 사느냐 물어보니
새로운 일 시작했다며 자신감 넘치네
호호호 웃음소리 들리네
전화 끊고 따뜻한 액정 만지작거리며

이만한 친구 또 어디 있을까 흡족해 하다
턱 쓰다듬어 보는 것이다

정유년 임인월 무진일 서
―임우기 『네오 샤먼으로서의 작가』

아우야 나는 말여 전생에 호랑이였나 봐
울 엄니 살아생전 나를 앉혀놓고
속세에 머물지 못한 채 산속으로만 떠도는
호랑이가 태몽이었다는 것 보면
아마도 나는 먹이 찾아 칼을 타는 외로운 짐승이었나 봐
그렇지 않고서야 어디 내가 이렇게 험하게 살 수 있단 말여
항상 쫓기 듯 살 수 있단 말이냐 그 말이여
여름이면 새우젓 냄새 코를 찌르는 삼성동 골목
천변 옆에 울 아부지는 제재소 운영하셨는디 말여
그 제재소 원목 창고가 내 유일한 독서 공간이었는디 말여
나는 거기서 이용악을 배우고 백석을 배우고
판잣집에서 술 팔고 몸 파는 여자를 배우고
아 민주주의를 배우고 최루탄을 배웠는디 말여
서울이라 낯선 무림 곡간에서
맹수들 득시글거리며 제 살 파먹는 이 아수라판에서
반가부좌 한 채 탁자에 비스듬히 앉은 술 보살들
저 술 보살들 보시布施하며 살아온 날 꼬박 삼십 년인디
하루하루를 전쟁 치루 듯 견디다 보니

나도 이제 늙었는지 뼈가 시리다

이렇게 비라도 내리고 우울이 발목처럼 찾아오면

여중 앞 쓸쓸한 골목길은 왜 질병처럼 떠오르는지

그 높던 고등학교를 담치기로 달려와 허겁지겁 먹던

두부두루치는 어찌나 홧홧하게 잡아끄는지 모르겠다

아우야 삼성동 천변도 복개 공사로 물소리마저 들리지 않지만

큰 물 진 날 천변 넘어온 황톳물은 아가씨들 기거하던 거적 집과

행려병자들과 가슴 저미며 떠내려가던 어린 생명들 아른거려

언젠가 꼭 갚아야 할 빚으로 남아 있었는디 말여

어떻게 갚을까 어떻게 갚아야 하나 고민허다

써 내려간 만신萬神의 사설들인디 워뗘

갓점°

   친구랑 옥천° 갔네 오는 길에 순댓집 들러 할머니가 손으
로 꾹꾹 눌러 만든 막창 순대에 가을도 한잔 기울였네

   전봇대 잡고 먼 산 바라보며 시원하게 오줌 갈겼네 오줌
발이 자꾸 왼쪽으로 휘어지며 바짓단 적셨네 손으로 툭툭
털어 내는데 골목 걸어오는 구둣방 할아버지 만나 구두 밑
창 갈고 각시 주려 꿩고기 한 마리 샀네 걸을 때 마다 구두
밑창에서 꿩꿩 우는 소리 들렸네 마루에 꿩하고 쓰러져 눕
는데 각시는 뭔가 부족하다는 듯 바라보다 옥천 들렀으면
염소나 한 마리 잡아 오지 않고 꿩고기가 뭐냐 절구통 가득
핀잔이었네 몸에서 가랑잎 타는 냄새 새어 나와 취기 깊어
지고 있었네

   내일은 갓점 가야 하네 미루나무 보살 집에는 양 팔 잃고
입으로 먹을 치는 애인이 살고 있네 그 곳에는 붉은 비 내리
고 강풍 분다 하였네 염소 꼬리만한 오늘 붙잡고 이슥토록
가랑잎 읽고 있는데 밖에는 끌어안고 죽을 만큼 서러운 구
절들이 우수수 날리고 있었네

꾀병 부리다 들켜 창피 당하는 대목

걸핏허면 아프다 골골골허니 보다 못헌 각시 한마디 허는디 코 한번 팽 풀고 한마디 허는 것인디

이보시오 장부가 으찌 맨날 아프다 그라시요 아직 그 나이면 찬물 뒤집어쓰고 소라도 때려잡을 나이거늘 으찌 그리 아프다 골골골이냐 그 말이요 조선 오백년 평균 수명이 임금 마흔 일곱 평민 쉰 대여섯 그라고 거 내시가 일흔이었다는디 당신 아직 살아있는 것 보면 임금은 아니고 쉰 대여섯도 넹겼으니 평면도 아닌디 그렇게 만날 골골골허여 으찌 일흔 넹기것소 남사시런 얘기지먼서두 일흔 넹길랴면 당신도 그그 그 뭣이깽이냐° 그시기를 그시기 해봐야 허는 거 아니냐 그 말이요

아니 이보시오 거 말두 안 되는 소리 허지 말구 따신 물이나 한 그륵 가져 오씨요 요즘 평균 나이가 여든인디 그럼 그니 덜은 죄다 그시기를 그시기허여 그시기허고 있단 말이요

돌아누워 수건이라두 싸맬 작정으루 앓는 소린디 얼굴

빤히 내려다보며 한 마디 허는 것이렸다

　와요 꾀병부리는 굿 들통 나 창피해 그라요 개 꼴 땅속에
서 삼년 묵은들 소 꼴 되는 굿 아니겠지면서두 창피허면 언
능 일나 장태산°이라두 댕겨오자 그 말이요 호따고니 일나
씨요

아름다운 날

내가 입고 있는 이 고동색 윗도리는 비정규직 아들이 아끼고 아낀 월급 쪼개 생일 선물로 사준 것이다 내가 이 추운 날 밖으로만 떠돌아도 한 끼 굶지 않는 아름다운 이유다

내가 입고 있는 이 푸른색 바지는 여름휴가 때 각시가 겨울옷은 여름에 사놔야 한다며 중앙시장 누비 집에서 간신히 이천 원 깎아 사준 것이다 내가 이 추운 날 밖으로만 떠돌아도 몸 따끈히 데울 수 있는 한 잔 술이 곁에 있는 아름다운 이유다

내가 입고 있는 이 베이지색 도꾸리는 하나 밖에 없는 딸네미가 가으내 백열등 아래 앉아 기러기 울음 한 올 한 올 엮어 선물로 준 것인데 아무리 취해 기역자를 걸어도 다른 곳 가지 않고 집으로 찾아가는 아름다운 이유다

겨우내 들고 다니던 촛불 아직 꺼지지 않고 문간 매달아 놓은 지등紙燈처럼 반짝이는 이유는 내가 짊어진 아름다운 날 들 다 갚아야하기 때문인 것인데 늦봄 넘어온 진달래꽃

은 절경 이루며 비탈길 걷고 있구나 식은 아궁이 노을도 붉

게 타고 있구나

우술° 필담雨述 筆談

계족산 들어가 우술 계곡으로 흐르려는 것인디 폭설 간
힌 천개동 황톳길로 얼어붙으려는 것인디 저 싸리 붓은 돼
지 막 앞에 앉아 나를 끄적거리고 있었으니 온종일 오물거
리다 한 글자 한 글자씩 뱉어내고 있었으니

우술 사람들의 맺힌 흔적으로
허방다리 짚는 해학과 본풀이

김홍정(소설가)

1. 우술, 그 앞을 흐르는 긴 강

시인 육근상을 참으로 우연히 알게 되었다. 소설 『금강』
을 집필할 때다. 밤낮 글 속에 빠져 헤매다가 주인공 '연향'
의 절절한 소리를 문장으로 제대로 옮겨야 하는데 그만 덜
컥 막혀버렸다. 사흘 넘게 그 문장에서 막혀 앞으로 좀처럼
나가지 못했다. 그때 육근상 시인의 「절창」을 만났다. '(전
략) 끊어질 듯 이어지고 이어지다/ 끊어지는 … 낯익은 소
리, 절창이다' 끊어질 듯 이어지고, 이어졌다가 끊어지는 낯
익은 소리. 나는 육근상의 시구절을 옮겨 위기를 넘겼는데,
『금강』 출간회에 일면식도 없던 육 시인이 자리했다. 깜짝
놀랐지만 다행스러웠다. 소설 속에 육근상의 시 「절창」에
서 인용했다고 근거를 밝혔기 때문이었다. 그 후 두 번째 시
집 『만개』는 늘 가방 속에 넣고 다니며 읽었다. 그의 시에는

다양한 구어체 충청도 언어가 지닌 내면적인 해학과 사물과 인간의 서정이 하나로 융합되어 발화하는 특성이 고스란히 살아 있었다. 이는 그가 뼛속 깊이 호서사림湖西士林이 지녔던 자존심과 교화적 면모를 갖추고 있기에 가능했을 것이다.

지난 봄, 육 시인이 『우술 필담』이란 쉽지 않은 제목과 긴 서사를 담은 시 원고를 들고 공주를 찾아왔다. 찻집에 앉아 이야기를 하면서 또 다시 독특한 그의 언어를 맛볼 수 있었다. 그렇다. 『논어』 리인里仁 편에 "子曰 君子懷德 小人懷土 (공자가 말씀하시길, 군자는 큰 덕을 품고, 소인은 삶의 구실, 터를 생각한다.)"란 말에서 따온 이름 '회덕'에서 어린 시절과 청년시절을 보냈으니, 육 시인의 시어는 성현의 가르침을 품고 있을 수밖에.

회덕은 고려 초부터 불린 지명이었다. 백제시대에는 우슬雨述이었다. 인근 남쪽에 비슬, 비슬산이란 지명이 지금도 있으니 한자 '우雨'를 우리말로 옮기는 과정에서 생긴 것이리라. 또한 '술述'이라 쓰고 '슬'로 읽는 것은 애당초 사람들이 '슬'이라 했을 것인즉, 우리말 '슬'은 습기에 젖는 상태나 붙어 다닐 때 쓰는 말이다. 녹이 생기는 것도 '녹슬다'의 슬이요, 알을 깔아 놓을 때도 '슬다'라고 쓴다. 어찌 되었든 우슬은 비가 자주 내렸거나 물이 넘치는 곳이었거나 물의 원천이었을 '술述'의 '짓다, 좇다'라는 뜻에서 전이된 것으로 봐야 할 것이다. '슬'이나 '술'이나 다르지 않을 수 있다는 말이다. 오늘날에도 대전시와 충청도 일대에 살고 있는 대부분 사람들이 이 동네 물을 먹고 살고 있으니 물이 넘쳐나는 곳임에는 틀림이 없다.

이쯤해서 이 시의 텃밭인 우술 지역을 잠시 돌아보기로 하자. 우술 지역으로 들어오는 금강은 씩씩하게 골짜기를 감돌아 온다. 금산 제원을 지나 영동 심천에서 몸을 키운 금강이 국사봉과 영산을 지나 매방산 앞에서 호흡을 고른 후 부강으로 나간다. 그 사이를 지금은 둑을 쌓고 물을 가두어 대청호를 이루지만, 실상은 구룡산, 계족산, 함각산, 성치산 등 제법 높이가 우람하고 산세가 험한 계곡을 따라 퍼런 물줄기를 이었다. 골짜기 초입과 능선을 잇는 고갯길에는 어디나 사람들이 모여 마을을 이루고 살았을 것이라. 햇살을 받은 배산임수 마을에는 고샅 깊숙이 펼친 비단에 수를 놓고자 철마다 진달래가 피었고, 백일홍이 붉었고, 홍시도 익었을 것이며, 깊은 눈이 한 자락쯤은 쌓였을 터이다. 한눈에 봐도 명산이요, 명당이었다.

그런 까닭으로 아홉 산줄기가 한 물에 이르는 곳이라 하여 구룡이라 이름 지었고, 대청호 그 어디쯤 이 나라 대통령 별장이 자리를 잡았고, 명문가의 사람들이 서둘러 조상 묘를 옮겨 짓고, 그 후손에게서 용의 자리로 올라갈 인물을 발원한 것이 예사롭지 않다.

육근상 시인은 그곳에서 나서 젊은 시절 동안 그곳에서 살았고 지금도 그 인근에서 산다. 그의 가슴 속에 남아 있는 온갖 기억들이 그 산줄기, 물줄기를 벗어날 수 없는 것은 너무도 마땅한 일이다. 물은 스며들어 땅 속 깊게 웅덩이를 만들고 우두커니 때를 기다린다. 이는 육 시인도 마찬가지다. 오랜 시간 육 시인은 기억에 남겨둔 흔적들을 하나하나 되새김질을 하며 삭이고 있었다. 결코 가슴 깊이 새긴 흔적을 지울 수 없기 때문이다. 은원이나, 안타까움이나 불편함으로 혹은 버려도 되는 사소한 것들조차 아프기 때문에 기억하여 그리움으로 남았고, 생채기이기에 몸 한 구석에 흔적을 남겨 잊지 못했다. 육 시인은 덕을 품고 사는 동네 사람이다. 분을 토로할 일도 웃고 넘기는 슬픈 해학으로 치유하고 더불어 사는 것이리라. 그 동네 사람들 사는 방식이다.

2. 우술 마을 사람들에게 간극은 없다

『우술 필담』에 담긴 시어들은 흔적으로 남은 동네 사람들의 삶을 들려주는 철저한 구어口語들이다. 우술 지역은 금강 물줄기를 따라 전라도에서 충청도로, 호서에서 영서로 이어지는 곳이다. 무주와 진안, 장수에서 물길로 이어지고, 조

령관문으로 가는 길목이니 지나는 사람들 중 일부는 터를 잡고 살았을 것이고, 혼사로 들어와서 말을 섞었다. 그들의 말이 충청도 말과 버무려져서 어느 것이 이 동네의 토착어인지 혼란스럽게 된다. 깨금, 나싱개, 날맹이, 모냥, 베름빡, 볼테기, 봉다리 등등, 셀 수 없을 정도의 충청도, 전라도, 경상도 구어들이 시 한 편 한 편, 서너 개씩 들어 있는 토착어 사전을 연상케도 한다. 이 시어들을 시의 토속성을 높이는 도구로만 보면 곤란하다. 이 구어들을 말하는 이들이 누군지 살펴보아야 한다. 물론 육 시인과 인간관계의 끈으로 모두 연결된 이들이다. 다시 말해 육 시인도 그들 중의 하나였다는 말이다. 이 작품 속에 등장하는 숱한 이름들은 육 시인의 우리들을 통칭한 것이고, 육 시인과 버무려진 낱낱으로 보아야 할 것이다.

그들은 누구인가? 작품 속의 인물, '은골에는 개가改嫁한 할머니 은진 송씨'(「은골」)이고, '박태기 녀석 데리고 와 니 아들이여 이제부터 니가 키워 휑하니 돌아가 영영 오지 않는 밤'(「봄밤」)을 지키는 사람이고, '이혼헌 시인 지망생 아줌니'(「절골」)고, '중절모 쓴 노신사랑 젊은 아가씨랑 큰 주머니 차고 느래 건너지 못해'(느래) 뒤돌아보던 새각시고, '양공주 출신 맨드라미가 식장산 들어가'(「잔개울」) 사는 백발의 여인이고, '세챙이 살다 이번에 재혼한 작은 며느리'(「세챙이」)다. 하나같이 세파에 시달린 사람들이다. 그들은 마을의 중심부 인물들이 아닐 것이다. 그저 마을에서 힘께나 쓰고, 말발이 먹히는 사람들 틈에서 숨을 죽이고 사는 주변부 인물들이다. 그들에게 서민이니 민중이라 부르는 말이 적절할 수 없다. 그냥 그들이다. 그들이 살았던 기운을 잊지 않고, 그들의 깊은 정서를 읽어내고 들려주는 시인의 정겨움이 눈물겹다. 그래서 주변부 인물들은 하나하나 자신이 견딘 삶에 의미를 두고 살아난다. 중심부 인물들이 자본과 권력에 눈 어두워 내던져 잃어버린 그리움을 그들이 다 담고 있으니 누가 중심부 인물인지는 곰곰이 생각해야 한다. 『우술 필담』 속 여기는 사람 사는 곳이다.

맑은 술을 내주며 '우리는 넘이 아니쥬 씨는 다르지먼서 두 피는 요맹큼 섞여 있을뀨'(「은골」)라고 말하게 되고, '먼 길 오느라 욕받다'(「느래」), '참 길고 지루한 일인 줄도 몰랐다지'(「죽말」), '도리뱅뱅 굽는 재미로 산다'(「쏜뱅이들」), '천근만근 몸뗑이 여기저기 군시렙지 않은디 읎구 뷀뇸의 생각 다 들어 이뇸덜아 호통 치신다'(「줄푀」)처럼 그들은 서로 보듬고, 재미를 찾고, 호기를 부리며 살게 된다.

학호네 방앗간(「동산고개」)으로 가보자. 장가 못 간 큰 아들은 차치하더라도 일찍 죽은 작은 아들이 생각나면 학호 엄니가 제정신으로 살 수 있었겠는가. 비가 오는 날 작은 아들 생각으로 집을 나서서 '학호 엄니 엉엉 웃음만 흩날리며' 정신줄을 놓았을 것이고 누런 달이 되었을 것인데 시인은 그 슬픔에 발을 담그고 있다. 육 시인은 자주 그들과 흐드러지게 어울리길 좋아하여 어릴 적 친구들의 화전놀이판(「홍정이」)에 끼어든다. 재식이 산닭을 삶고, 아줌마가 된 경자, 미선, 이화가 자릴 내주는데 가만 보니 제 어미들을 빼다 박았다. 그건 '천상 즤 아버지'(「늘골」)인 빠꾸도 마찬가지다. 피는 속일 수 없는 내림이다. 시인은 동심으로 돌아가 기억 속의 친구들을 하나하나 끄집어내어 술안주로 삼았을 것이다. 술이 돌고 점점 현실로 다가오면서 곤고한 삶을 이야기하다가 문득 불쾌한 기분으로 우울에 빠지기도 했을 것이다. 그런 우울을 남겨둔 사랑으로 견디었을 것이다. 육 시인이 나잇살 먹었다고 어릴 적 흥성거렸을 열정마저 저버린 것은 아니기 때문이다. 놀이판에서 '이화가 머릿결 쓸어 올리며 많이 늙었지 몰라 보겠지 두려 눕는데' 슬그머니 훔쳐본 시인의 눈에는 '꽃가마인 양 살구꽃이 가슴에 봉긋 내려앉는'(홍정이) 이화가 참으로 안타깝다. 곱상했던 이화에 대한 마음이 없지 않았을 것이다. 시선이 이화에게로 가는 것은 어쩔 수 없다.

붙들네로 가보자. 붙들은 풍을 맞아 늘 도우미가 필요하다. 다행스런 것은 작은 며느리가 집에서 붙들을 돌본다. 그 작은 며느리는 외진 마을 세챙이에 살다가 재혼으로 온 며느리다. 세챙이 동네 사람들을 물으니 세세히 알고 있다. 그렇다. 시인은 재혼하여 온 며느리를 눈치주지 않고 한 동네 사람으로 여겨 소통한다. 더 이상 우술에는 방관된 타자는 없다. 일종의 동병상련이겠다. 감출 것이 없이 드러내고 사는 우술에서 흉이 될 것은 없다. 타자의 아픔이 내 아픔이 되는 도원이 아닌가 한다. '평생 두부만 내다 팔며 (…) 손가락 다 헤질 때까지'(「죽말」) 살면서도, 지독한 고통을 지루한 일인 줄도 모르고 견디던 두부장수가 대설에 죽었다. 그 죽음을 오히려 복 받은 것으로 여기는 것은 이제 고생이 끝나 다행이라 말하는 연민이 아니면 무엇인가? 그들은 서로 연민한다.

현대인들은 타자와의 일정한 거리두기를 편리성으로 이해한다. 이 편리함이 지나쳐 단절이 되었고, 소통이란 말이 시대의 화두가 되었다. 우술 마을 사람들의 이야기는 과거로 되돌아가기를 말하는 것이 아니다. 소통이란 말은 겉말로 주고받는 예의 치레가 아니다. '사랑은 쳇기 같은 것이어서/ 어깨 두드려주고 팔 쓰다듬고/ 손 주물러줘야 개운해지나 봅니다'(「개운한 사랑」)라고 노래하는 시인은 교감하고 서로 인정하고, 의지하며 사는 정을 사랑이라 여긴다. 그런 마을 우술이 우리 근동에 남아 있음에도 이렇게 낯선 것은 순전히 우리들의 빗나간 삶의 모습 때문일 것이다.

3. 자연은 인간과 다르지 않다

육근상은 인간들 사이가 닫혔거나 거리감이 생겼을 때 슬그머니 자연물을 끼워 넣는다. 자연물은 거리감이 생긴 간격에 들어가 이쪽과 저쪽을 이어준다. 물상은 단순한 매체로 존재하는 것이 아니라 물상의 인격화를 이룬다. '앵초꽃이 개가改嫁한 엄니 보러 점나무텅이 가고 싶어 입술만 붉어붉어'(「점나무텅이」), '늬 엄니 친정 가설랑은 안 올랑갑다 안 올랑갑다 앵두꽃도 서러워 보름달 짤랑대는 봄밤이다'(「봄밤」), '병풍바위 쪽으로 혼백魂魄인 듯 풍뎅이만한 불빛 빗금을 긋네(「독골」)' 등에서 앵초꽃, 앵두꽃, 불빛은 물상이 아니다. 개가한 엄마가 그리운 아이고, 그 아이를 달래는 할머니고, 그들의 소망이다. 팽나무, 눈보라, 댓잎, 장마, 국수뎅이, 싱아, 바람 등의 시어도 마찬가지 폭넓게 쓴다. 이 물상들을 환유의 기법으로 의미 부여하거나 전이할 수도 있겠다. 이와 달리 18세기 조선성리학의 호락논쟁湖洛論爭*에 불을 지폈던 인물성동론의 시적 발현으로 보아도 무방할 것이다. 육근상의 이러한 방식은 의도적으로 표현했거나 아니면 표현의 한 방식으로 택했거나 이 시집 곳곳에 그런 모습이 보인다.

---

* 조선 후기 성리학에서 인성人性과 물성物性이 같은가 혹은 다른가에 대한 논쟁.

병아리들도 정짓문 앞에

공부하느라 삐약거리고 있었네

염소는 저 넓은 들판 다 읽고

제 집으로 돌아가는 중이었네

강아지는 숙제 다 했는지 어슬렁거리며

낯선 사람이 와도 짖지 않았네

책 한 권 없이 절구통만 덩그러니 놓인

빈집 지키던 **나**는

이제 막 한글 떼고 글자라고 생긴 것은

무엇이고 읽고 싶었네

—「바람벽 독서」중

　공교롭게 이곳 우술은 호락논쟁을 일으킨 후학들을 가르친 스승들이 일찍 터를 잡은 곳이다. 우암 송시열과 동춘당 송준길이 이들인데, 이들이 호락논쟁을 벌인 것은 아니었다. 하지만 이들의 학문을 이은 권상하의 개입으로 비롯된 호락논쟁은 조선 후기의 정치와 문화를 송두리째 흔들었다. 후기의 성리학자들이 권상하의 이론에 반기를 든 것은 의미심장하나 당대에는 사림의 중심이 될 수는 없었다. 오히려 시대가 바뀐 후 반기를 들었던 이들이 주장하던 북학파는 발전적인 사유체계를 갖춘 것으로 평가된다. 그들이 주장한 낙론의 핵심이 인물성동론이다. 인간과 사물 어느 것이나 본성이 선하다는 외암 이간 선생의 낙론洛論은 18~19세기의 북학파의 이론적 바탕을 이루게 했다. 훗날 명청 교체기에 명은 중화로서 선하고 청은 미개한 변방 오랑캐여서 본성이 악하다는 인식으로 청을 배척하는 남당 한원진의 호론湖論과는 구별된다.

물론 이 낙론을 육근상의 시에 적용하기에는 다소 무리함이 없지 않을 것이나 육근상의 시에 등장하는 물상들은 그 바탕이 순선純善하다. 타인에 의해 가르침이 있었거나 의도적인 양육의 과정을 거치지 않은 미발未發의 심체心體가 본래부터 선하다고 보는 외암의 미발심체유선설과 다르지 않다. 『우술 필담』의 인물들은 살았던 시대의 중심부 인물들이 아니고 주변부 인물들이다. 중심부 인물들의 가르침과 훈계를 받아 인간답게 살게 된 것이 아니라 그들은 천성이 순하여 자연스럽게 살았다. 순리를 어기지 않고 스스로 그러하게 살았다. 그것은 산야초와 같이 자연에 있는 모든 물상들도 마찬가지다. 『우술 필담』의 물상들은 자연스럽다. 염소가 들에서 풀을 뜯는 일은 너무도 자연스러워서 거리낌이 없다. 병아리, 강아지도 마찬가지다. 누가 체계적으로 가르쳐주어서 아는 것이 아니다. '나'도 바람벽에 붙어 앉아 한 글자씩 떼어먹기를 하는 재미로 글을 알았다. 책을 읽고 또 읽는 '나'는 되새김질하는 염소의 어엿함과 다를 것이 없다. 육근상의 시에서 물상들을 인격화하여 시상을 풀어내는 것이 낯설지 않아 흥미롭다. 자연과 인간이 이렇듯 거리낌 없이 어울리니 이를 천지조화라 아니할 수 없다.「부수골」의 전문을 인용한다.

담벼락 타고 올라간 댕댕이 덩굴이 아침부터 빗소리
몰아오는 집 사는 이가 이 마을 제일 어르신이다 내가 어
릴 적부터 이미 연로하셔서 올 해 몇인지 혼인은 하셨는
지 슬하에 자식 있는지 할머니인지 할아버지인지 알 필
요도 없이 미신迷信처럼 살아 묵묵하다

지금껏 큰 병치레 않고 살아온 것은 순전히 저 양반 덕
이라는 것 엄니는 이빨 다 빠져 늙어질 때까지 노심초사
해봐서 안다 아버지는 해마다 정월 보름이면 색동옷 곱
게 차려 입히고 풍장 치며 신명 돋워 잔 올리곤 하시는데
좋아라 하는 것은 호수에 깊게 차오른 달덩어리뿐이다

얼마 전 타지에서 왔다는 벌목공이 손목 끊어 턱에 붙
이는 시술 하려다 호되게 당해 병원으로 실려간적 있다
시한時限 내 추위 풀리지 않고 꽁꽁 얼어붙는 것은 그 때
문이라며 동네 아주머니들 쉬쉬하였다

나도 아버지한테 배운 대로 집안 대소사 있을 때 어르

신 찾아뵙고 문안드리곤 하는데 겨우 물 한 그릇 떠가는 게 전부다 요즘에는 혹시나 싶은지 품안에 벌을 들여 저녁 무렵이면 바람소리나 펀던 내리는 노을 바라보며 무료한 시간 보내기도 하신다 가끔 신간 시끄러운 사람들 찾아와 제祭 올리는 날이면 부수골에는 다음날 꼭 비가 내린다

「부수골」의 주인공은 '댕댕이 덩굴이 아침부터 빗소리 몰아오는 집 사는 이'로 마을의 어르신이고 성별을 초월한 미신의 장본인이고 당주堂主다. 그를 제대로 모시는 것을 좋아하는 이는 엄니와 아버지고 호수 깊게 차오르는 달이다. 사람과 자연과 조화로움이 생긴다. 그것으로 사람들의 길흉화복과 생로병사가 결정된다. 혹시 벌목공처럼 거스르는 자가 있으면 불화가 생겨 흉한 일이 생긴다. 사람들이 쉬쉬할 수밖에 없다. 그렇다고 아무나 당주를 모실 수는 없다. 오히려 화를 부른다. '가끔 신간 시끄러운 사람들 찾아와 제祭 올리는 날'이면 반드시 비를 부르게 된다. 참으로 신기한 일이다. 사소한 일도 함부로 해서는 안 되는 일이다.

'(…) 여적 거그 살고 있는 버드나무가 양쪽 팔 늘어 뜨려 새뱅이를 잡고 있더란 말시 소매 자락에 바람만 스쳐도 새뱅이 한주먹 썩 털어 내는디 내 하도 신통허여 옆댕이 앉어 중태기라도 몇 마리 끌어 올리야지 싶어 억새 끝에 이제 막

올라온 달덩어리 꿰고 집어 놓다 빼고 집어 놓다 빼고 헐 때마다 한 마리 썩 올라오더란 말시(…)'(「사심이골」)

허방다리를 놓을 일이다. 호숫가에서 버드나무 양팔을 늘어뜨리거나 맨손으로도 새뱅이를 잡게 해주거나 물에 비친 달그림자에 억새 낚싯대를 담그면 중태기가 올라오는 믿거나 말거나 한 이야기가 허용되는 그런 동네가 우술이다.

4. 서사는 주술이다

육근상의 『우술 필담』은 대부분 긴 서사구조를 가지고 있다. 들려주는 이야기에서 얻는 흥미로움과 공감으로 슬그머니 미소짓게 한다. 천천히 귀 기울이면 필담에 흐르는 소망을 듣게 된다. 그 소망은 간절할 뿐더러 진솔하다. 사뭇 진지하여 혹 허방다리를 짚는 것은 아닌가 하여 염려스럽고, 뒷짐 지고 허세를 부리는 해학으로 펼치는 소망이 흥미진진하다. 바리데기 공주의 본풀이와도 다르지 않다. 바리데기는 산전수전을 겪고 자기희생을 거쳐 소망을 이룬다. 특히 제주도 무가에서 전송되어온 본풀이는 척박한 제주의 자연 속에서 적응하며 살아온 조상님들의 사랑, 미움, 실패, 성공 등을 담고 있어 독특한 제주만의 문화모습을 담고 있다. 이 본풀이는 동네별로 독특성을 지니며 수백 편의 이야기로 분화되어 전승한다.

　우술 지역은 백제시대의 접경지역으로 나라의 흥망성세를 다투어 싸웠고, 근·현대에도 숱한 사연을 담고 있는 곳이다. 어찌 인간의 근원적 심정을 다룬 서사가 우술에 없었으랴? 하지만 마땅하지 않다. 근원 서사는 발굴과 채록이 우선이다. 발굴자의 발길에 채 미치기 어려운 점이 있었을 것이다. 육근상의 『우술 필담』은 그런 면에서 의미심장하다. 구석구석을 돌아보며 흔적으로 남아 있는 이야기들을 서정적인 필담으로 그려냈다. 시인이 우술에서 살며 보았던 흔적이었기 때문이리라. 이야기로 만사를 해결할 수는 없었을 것이다. 육근상은 글머리에 '내 순정한 언어이고 몸짓이고 정신이었던' 집, 논, 밭, 동구나무 등에서 흔적을 찾아 시로 썼다고 밝히고 있다. 그렇다. 필담은 시인의 말이고 행동이고 혼이다. 그러니 읽는 우리도 그의 서사에서 그의 말과 움직임과 얼을 되새길 필요가 있을 것이다. 이 시가 지닌 간절한 기원, 인간과 자연이 천지조화를 이루는 주술성을 찾아내는 묘미도 이 시집을 읽는 기쁨일 것이다.

　내 나름대로 육근상의 『우술 필담』을 읽고 적었다. 혹시 공감할 수 없는 부분이 있었다면 부디 너그러운 아량을 부탁드린다. 다만 긴 문장으로 이어진 시에서 오래 마음에 두었던 해찰과 불편함을 드러내고 조곤조곤 풀어가는 묘미와

즐거움을 얻게 되니 여간 행복한 것이 아니었음을 밝힌다. 서사를 담고 있는 산문시들이 힘을 얻게 되었으면 하는 바람이다. 한 발자국 더 나아가 더 근원적인 주술 본풀이를 기대해본다.

낱말풀이

[ㄱ]

° **가래울**: 삼국시대 백제의 우술군에 속한 지명으로 계족산 자락 동쪽에 위치하고 있다. 1914년 행정구역 통폐합에 따라 회덕군 동면의 관동 일부와 일도면의 마산상리 일부를 병합하여 추동리라는 이름으로 대전군 동면에 편입됐다. 이후 1935년 대전부 신설에 따라 대덕군에 편입됐으며 1995년 광역시로 승격함에 따라 대전광역시 동구 추동으로 명칭이 변경되었다. 추동은 윗마을인 상추, 가운데 마을인 중추, 아랫마을인 하추로 나뉘어져 있었으나 하추는 대청호 수몰로 완전히 사라졌다.

° **가사낭골**: 대전광역시 동구 추동에 위치한 골짜기 이름.

° **갓점**: 대전광역시 동구 효평동에 위치한 마을 이름.

° **고리산**: 환산(環山, 581.4m)이라 불리며 충청북도 옥천군 군북면에 고리처럼 연결된 산.

° **고무실**: 충청북도 옥천군 군북면 환평리의 옛 이름.

° **고샅**: 마을의 좁은 골목길.

° **고용골**: 대전광역시 동구 주산동에 위치한 마을 이름으로 이곳에는 기괴한 바위와 명문, 석축 등이 신성하고 신령스런 분위기를 자아내고 있다. 바위 곳곳에 파여진 성혈의 존재는 외경심을 불러온다. 거석 신앙의 대표로 손꼽히는 고인돌이나 선돌의 표면에 파여져 있는 구멍을 말하는 성혈은 '알바위', '알터', '알구멍', '바위구멍'이라 부르기도 하는데 신선바위와 함께 신비함을 불러일으킨다. 또한 조선 명종 때의 학자 추파秋坡 송기수를 봉안한 사당 상곡사가 있다.

° **구석쟁이**: '구석'의 충청도 방언.

°**국수뎅이**: 봄이 왔음을 가장 먼저 알리는 들풀로 벼룩이자리라 불림. 흙이 있는 곳이면 어느 곳이던 잘 자라는 나물로 주로 된장국 재료로 쓰인다.

°**그니**: '그이'의 충청도 방언.

°**그렁께**: '그러니까'의 충청도, 전라도 방언.

°**그륵**: '그릇'의 강원도, 경상도, 충청도, 전라도 방언.

°**긴속골**: 대전광역시 동구 추동에 위치한 마을 이름으로 일명 한절이라 불렸다.

°**길치고개**: 대전광역시 동구 비례동에 위치한 고개 이름.

°**깨금**: '개암'의 충청도, 전라도 방언.

°**끄대**: '기어져'의 충청도, 전라도 방언.

[ㄴ]

°**나싱개**: '냉이'의 충청도, 전라도 방언.

°**네길헐녀러**: 못마땅하여 불쾌할 때 욕으로 하는 말이며 '제길할'의 충청도 방언.

°**노란이**: 충청북도 옥천군 군북면 이백리에 위치한 마을 이름.

°**녹사래골**: 대전광역시 동구 비룡동에 위치한 마을 이름.

°**느래**: 대전광역시 동구 비룡동에 위치한 마을 이름.

°**늘골**: 대전광역시 동구 비룡동에 위치한 마을 이름.

[ㄷ]

°**달강달강**: 어린아이를 데리고 시장질을 할 때 하는 말.

°**닭재**: 점나무텅이에서 한국전쟁 실향민 집단 거주지인 천개동 방향으로 넘어가는 언덕 이름.

°**댕댕이 덩굴**: 방기과의 나무로 전국에 분포하며 햇빛이 잘 드는 산지에서 볼 수 있다. 끗비돗초라고도 불린다. 댕댕이라는 머리를 동이는데 쓰는 천이 있는데 댕댕이 덩굴은 줄기가 질기고 튼튼하여 공예용으로도 사용된다.

°**덮걸이**: 오른다리를 상대의 왼다리 바깥쪽으로 걸어서 넘어뜨리는 씨름의 기술.

°**도리뱅뱅**: 민물고기를 팬에 돌려 담아 튀기고 다시 매콤한 양념으로 조린 충청도 지방의 음식이름.

°**독골**: 대전광역시 동구 신촌동에 위치한 마을 이름.

°**동산고개**: 대전광역시 동구 신하동에 위치한 마을 이름.

°**뇌련님**: '도련님'의 충청도, 강원도 방언.

°**두부두루치기**: 두부를 돼지고기와 대파, 당근, 버섯, 풋고추, 고춧가루 등을 넣고 매콤하게 볶은 요리이다. 대전을 대표하는 음식 중 하나이다.

°**둠벙**: '웅덩이'의 충청도, 전라도 방언.

°**들구**: '자꾸'의 충청도 방언.

°**뜰팡**: 집 안 앞뒤나 좌우로 가까이 딸려 있는 빈터의 충청도 방언.

[ㅁ]

°**마들**: 대전광역시 동구 효평동에 위치한 마을 이름.

°**말시**: '말이지'의 충청도 방언.

°**모냥**: '모양'의 충청도, 전라도, 경상도 방언.

°**문테기**: '문턱'의 충청도, 전라도 방언.

°**뭣이깽이냐**: '무엇이냐'의 충청도 방언.

[ㅂ]

°**박태기**: 4월 하순에 잎보다 분홍색의 꽃이 먼저 피는 쌍떡잎식물. 꽃 색깔이 화려해 정원수로 많이 심으며 꽃봉오리 모양이 밥풀과 닮아 '밥티기'란 말에서 이름이 유래했다.

°**밤실**: 대전광역시 동구 신촌동에 위치한 마을 이름.

°**방아실**: 충청북도 옥천군 군북면 대정리에 위치한 마을 이름.

°**방축골**: 대전광역시 동구 신촌동에 위치한 마을 이름.

°**베름빡**: '바람벽'의 충청도, 전라도, 경상도 방언.

°**변소간便所間**: 대소변을 보도록 만들어 놓은 곳의 북측 방언.

°**볼테기**: '볼'의 경상도 방언.

°**봉다리**: '봉지'의 충청도, 전라도 방언.

°**부소무늬**: 충청북도 옥천군 군북면 추소리에 위치한 마을 이름으로 대청호 완공으로 모두 물에 잠기고 일부가 남아 절경을 이루고 있다. '부소무늬 마을 물 위에 뜬 바위산'이라 일컫는 부소담악으로 알려져 있다.

°**부수골**: 대전광역시 대덕구 부수동의 옛 이름. 부수골은 서당골 남쪽에 있는 골짜기와 성치산에서 북쪽으로 흘러내리는 골짜기의 하나이다. 1980년 대청호 공사 완공으로 성치산만 남기고 동네 전체가 물에 잠겨 섬이 되었으며 수령 320년 된 느티나무가 있어 매년 정월 대보름이면 거리제를 지낸다.

°**비름들**: 대전광역시 동구 비룡동의 옛 이름.

°**뿔개미**: 집안 뜨락이나 밭 등 아무 곳에서나 쉽게 발견되는 곤충으로 비가 내리려 할 때 긴 행렬을 이루며 이동하는 습성 있어 비 예보 곤충으로도 알려져 있다.

[ㅅ]

°**사러리**: 대전광역시 동구 신하동에 위치한 마을 이름.

°**사심이골**: 대전광역시 동구 마산동에 위치한 마을 이름.

°**상감청자**: 바탕흙으로 그릇을 빚은 다음 마르기 전 겉면에 그림이나 무늬를 새겨 넣고 여기에 백토나 자토를 메워 초벌구이를 한 다음 다시 청자유靑瓷釉를 발라 정식으로 구워 낸 상감象嵌 장식 기법으로 만든 고려자기.

°**새뱅이**: 몸길이 약 2.5cm 정도의 민물새우.

°**성미, 양칭이, 옝깃말**: 옛 대전군 동면 일대의 중심지 였으나 대청호 수몰공사로 인해 모두 사라졌다.

°**세챙이**: 대전광역시 동구 신하동에 위치한 마을 이름.

°**소두방**: '소댕(솥을 덮는 뚜껑)'의 충청도, 전라도, 경상도, 강원도 방언.

°**시루봉**: 대전광역시 중구 문화동 산 18-1에 위치한 보문산의 한 봉우리. 대전광역시 전경이 바라다 보이는 장소로 유명하다.

°**식장산食藏山**: 대전광역시 동구 대성동과 충북 옥천군 군북면, 군서면의 경계에 위치한 높이 598m의 산으로 탄현, 숯 고개라 불린다.

°**신말미**: 대전광역시 동구 추동에서 천개동 방향에 위치한 들판 이름.

°**싱아**: 전국 산과 들에 자라는 여러해살이풀.

°**쓴뱅이들**: 대전광역시 동구 세천동에 위치한 마을 이름.

[ㅇ]

°**아덜**: '아들'의 충청도, 전라도, 경상도, 강원도의 방언.

°**아래께**: '접때'의 충청도 방언.

°**안다리걸기**: 오른다리를 상대의 왼다리 안쪽에 걸고 샅바를 당기며 어깨와

가슴으로 밀어 넘어뜨리는 씨름의 기술.

° **애미고개**: 대전광역시 동구 추동 가래울에 위치한 고개 이름이며 마을에 상喪을 당하면 상여가 반드시 넘어야할 고개라 하여 붙여진 이름이다.

° **앵초**: 전국의 냇가 부근 습지에서 자라는 여러해살이풀.

° **양공주**: 식장산 정상 미군부대 통신 시설에 주둔하던 주한 미군을 상대로 성 매매했던 여성들을 말하며 정부가 외화 벌이를 위해 미군 위안부와 기지촌 여성을 직접 관리했다는 사실이 확인된 통곡의 이름이다.

° **양구례**: 대전광역시 동구 직동에 위치한 마을 이름.

° **어둥이골**: 대전광역시 동구 사성동의 옛 이름. 대청호 수몰로 인하여 섬이 된 마을이 많다.

° **어부동**: 충청북도 보은군 회남면 사음리의 옛 이름.

° **언능**: '얼른'의 충청도, 전라도 방언.

° **여그**: '여기'의 충청도, 전라도 방언.

° **오티게**: '어떻게'의 충청도, 전라도 방언.

° **옥천**: 충청북도 남부에 있는 군. 대전광역시 남쪽에 위치하여 위성도시의 성격이 강한 지역이며 생활권이 대전에 형성되어 있다.

° **용수**: 싸리나 대오리로 만든 둥글고 긴 통. 술이나 장을 거르는 데 쓰인다.

° **우덜은**: '우리들은'의 경기도, 충청도 방언.

° **우술雨述**: 대전광역시 대덕구 회덕지역의 옛 지명으로 삼국시대 백제의 우술군雨述郡이었다. 757년(경덕왕 16) 비풍군比豊郡으로 개칭되고, 1018년(현종 9) 공주公州에 속하였다. 1172년(명종 2) 감무를 두었으며, 1413년(태종 13) 현감을 두었다. 1895년(고종 32) 군郡이 되었다가 1914년 행정구역개편 때 대전군에 합하였으며, 1930년 대전이 부로 승격하면서 대덕군에 편입, 1989년 대전직할시에 포함되었다. 1995년 대전광역시로 명칭이 변경되어 여기에 속하게 되었다. 이곳은 북쪽으로 계족산鷄足山, 남쪽으로 식장산食藏山 등으로 둘러싸여 있고, 동쪽으로 대

청호가 있다. 계족산에는 옛 산성이 복원되어 있으며 매년 '황톳길 맨발로 걷기' 행사가 열리고 있다.

° **은골**: 대전광역시 동구 마산동에 위치한 마을 이름. 대청호 수몰되기 전 젖소 목장이 있을 정도로 커다란 마을이었으나 현재는 대부분 물에 잠기고 고지대에 위치한 몇 채의 집만 남아 민물고기매운탕과 민물새우탕집을 운영하며 살아가고 있다.

° **읎이**: '없이'의 충청도, 전라도 방언.

° **이순자 붕어**: 몸길이 15~20cm 정도의 월남붕어 블루길을 말 함. 무엇이든 가리지 않고 갑각류나 수서식물, 작은 물고기나 물고기 알까지 닥치는 대로 잡아먹기 때문에 일명 이순자 붕어라 부르는데 이순자씨가 영부인일 때 대청호에 블루길 10만 마리를 방류해 붙은 별명이라는 설이 있다.

[ㅈ]

° **잔개울**: 대전광역시 동구 세천동의 옛 이름.

° **장개울**: 대전광역시 동구 세천동에 위치한 마을 이름.

° **장태산**: 대전광역시 서구 장안동에 위치한 해발 374m의 산.

° **절고개**: 대전광역시 동구 효평동에 위치한 고개 이름.

° **절골**: 대전광역시 동구 신하동에 위치한 마을 이름.

° **점나무팅이**: '어느 곳의 모퉁이'를 지칭하는 충청도 방언으로 대전광역시 동구 추동 가래울 마을에서 계족산 방향 끝에 위치한 모퉁이 이름.

° **칭일**: '종일'의 충청도, 전라도 방언.

° **주준자**: '주전자'의 경상도, 충청도 방언.

° **죽말**: 대전광역시 동구 추동 상추의 옛 이름.

° **줄뫼**: 대전광역시 동구 주산동에 위치한 마을 이름.

°**중태기**: '버들치'의 다른 이름.

°**지가**: '자기가'의 충청도, 전라도 방언.

°**쩌웃거려**: '기웃거려'의 충청도 방언.

[ㅊ]

°**찬샘낵이**: 대전광역시 동구 직동에 위치한 마을 이름.

°**천개동**: 대전광역시 동구 효평동에 위치한 마을 이름이며 한국전쟁이후 북
측 실향민 집단 거주지.

°**철써기**: 여칫과에 속하는 곤충 이름. 몸길이 5~7cm 정도이며, 몸빛은 녹색
또는 갈색이다. 초가을에 나오며 '철썩철썩' 하며 운다. 우리나라, 일본,
대만 등에 분포한다.

°**청중날맹이**: 대전광역시 동구 추동 가래울 마을에 위치한 작은 산의 언덕
이름. 날맹이는 '봉우리'의 충청도, 전라도 방언.

[ㅍ]

°**파고티**: 대전광역시 동구 추동 가래울 마을에 있는 언덕으로 폭우 내리면
골짜기 타고 내려오는 물이 높은 물결을 이뤘다 하여 붙여진 이름.

°**펀던**: 마을 앞 펀펀한 들판을 이르는 경기도, 충청도 방언.

[ㅌ]

°**토망대**: 충북 보은군 회인면 오동리에 위치한 언덕 이름.

[ㅎ]

°**하루나**: '유채'의 충청도 방언.

°**한절**: 대전광역시 동구 추동에 위치한 들판 이름.

°**호따고니**: 어떤 행동이나 일을 매우 빠르고 날쌔게 해내는 모양을 나타내는 말인 '후딱'의 충청도, 전라도 방언.

°**호미고개**: 대전광역시 동구 추동에 위치한 고개 이름.

°**흑징이**: '보습'의 경상도, 충청도 방언.

°**홍징이**: 대전광역시 동구 신상동에 위치한 마을 이름.

우술 필담 雨述 筆談

1판 1쇄 인쇄	2018년 9월 13일
1판 1쇄 발행	2018년 9월 21일
지은이	육근상
펴낸이	임양묵
펴낸곳	솔출판사
기획편집	조소연 이신아 임정림
디자인	박민지
경영 및 마케팅	김경수 이승혜
재무관리	이혜미 김용렬
주소	서울시 마포구 와우산로29가길 80(서교동)
전화	02-332-1526
팩시밀리	02-332-1529
홈페이지	www.solbook.co.kr
이메일	solbook@solbook.co.kr
출판등록	1990년 9월 15일 제10-420호

ISBN   979-11-6020-060-7   03810